JN027511

COCOON 3

コクーン

幽世の祈り

Pray for eternity

夏原エヰジ

by Eiji Natsubara

講談社

COCOON 3

幽世の祈り

Pray for eternity

黒羽屋
〈瑠璃〉
主人公。唯一無二の美貌を誇る花魁。
実は鬼退治の組織の頭領。
〈楢紅〉
瑠璃が使役する生き鬼。
強力な力を持つ。
〈権三〉
料理番の大男。
上野で板前をしていた。
金剛杵を操る。
〈錠吉〉
眉目秀麗な若い衆。
瑠璃の髪結いを担当。
鬼退治の際は
錫杖で戦う。
〈白〉
尾が二本に裂けた猫又。
〈がしゃ〉
髑髏。
瑠璃によく殴られている。
〈露葉〉
山姥。
若作り。
〈長助〉
神引き小僧。

鳩飼い
〈お喜久〉
お内儀。どこかから、鬼退治の依頼を受けてくる。
〈惣之丞〉
瑠璃の義理の兄。黒雲と敵対する組織のリーダー。
〈雛鶴〉
瑠璃の友人であったが、生き鬼として、今は惣之丞に使役されている。
〈豊二郎〉
双子の兄。若い衆見習いとして働いている。栄二郎と結界を作る。
〈栄二郎〉
双子の弟。兄より楽天家。豊二郎と結界を作る。
〈柚月〉
鳩飼いで結界役を果たす子供。
〈こま〉
鬼の中から出てきた狛犬。お調子者だが、なぜか憎めない。
妖たち
〈油坊〉
怪火を操る油すまし。
〈お恋〉
狸の姿をした、信楽焼の付喪神。
〈炎〉
さび柄の猫。その正体は、実は……。

装幀　坂野公一（welle design）

装画　マツオヒロミ

キャラクターイラスト　皐月にく

序

薄暮の空を覆うのは、寝床へと帰っていく鴉の群れ。まばらな雲のごとく不吉に、遊郭の地面へと影を落とす。

一羽の鴉が群れから離れ、瓦屋根の上へと降り立った。バサバサと黒い羽を震わせる。鴉の眼下には、三人の男がいた。

「うは、この辺りはどうにも臭え。どぶの臭いが充満してやがら」

「まったくだ。東の羅生門河岸よりマシと聞いたが、ここも大して変わらねえな。ごみ溜めみてえなところよ」

男たちは吉原の浄念河岸を闊歩していた。半纏に股引姿、どうやら職人のようだ。仕事

の帰りに揃って素見(ひやかし)に来たのであろう。

浄念河岸。

吉原の西端、お歯黒どぶに沿って位置するこの通りには、最下級の遊女、端女郎(はしじょうろ)たちが持ち場をかまえている。向かいあった棟割長屋で与えられる、一人たった二畳ほどの空間。端女郎たちは局(つぼね)と呼ばれるその狭い空間で生活し、客を取るのが日常だ。浄念河岸とは反対、東の端にも羅生門河岸という同様の通りが存在する。

端女郎は別名「お百さん」とも呼ばれている。線香が一本燃え尽きるまでの時間を、百文ぽっきりで売るからだ。詰まるところ浄念河岸は、吉原の小見世(こみせ)にも登楼(あが)れないような文無し、ごろつきたちの性欲を処理する場であった。

「時にお前ら、何で東が〝羅生門〟って名づけられてっか、知ってるか？」

「馬鹿にすんねえ。通りかかる男の髷(まげ)を引っつかんで、自分の持ち場へ引きずりこむからだろ」

「必死だねえ。羅生門河岸を歩く時ゃ丸坊主にしねえとな」

三人の男はげらげら耳障りな笑い声を上げた。

鴉が男たちの笑い声に反応してか、大きく一声鳴く。

「うわっ。何だ鴉か、気味の悪い。あっちに行けや、しっ」

「じゃあよ、浄念河岸は何だって〝浄念〟って名前なんだろうな？」

「浄土真宗の信者が多いからと聞いたぞ。病をまき散らす鉄砲女郎の罪深さを思や、仏にすがるしか救いようがねえもの」

河岸見世の妓たちにはもう一つ異名がある。それが「鉄砲女郎」。まぐわえば一発で病に当たってしまうことが由来である。かような名で揶揄されるくらい、病持ちの妓が多かった。

稼ぎが少ない端女郎たちは湯屋にも滅多に行けない。滋養のある食べ物もなかなか口にできない。共用の厠を使わず、見世の前のどぶ板で用を足すことなど日常茶飯事だ。ここ浄念河岸の環境は極めて劣悪で、衛生への意識も希薄と言わざるを得なかった。

ひとたび河岸から離れれば、上級遊女たちがきらびやかな衣裳に身を包み、上客と戯れ白飯をつついている。「浮世の極楽」と謳われる吉原において河岸見世は異質な存在、まるで遊郭にはびこる陰湿なものすべてを、押しつけられているかのようだった。

「ここの妓ども、どいつもこいつも辛気臭い空気を出しやがって。しけてんのは面構えだけにしろって」

「おっ？　見ろよ、あすこの局」

一人の男がひそひそと声を落とす。もう二人も立ち止まり、仲間の指差す先を見やった。

「はは、でけえ腹だな」

「父親がわからねえガキを孕むって、どんな気分なんだろうな？」

彼らの目に映っていたのは、腹が膨らんだ一人の遊女。着崩れた着物は所々が綻び、黄ば

んでいる。畳の一点を虚ろに眺める遊女の目からは、生気というものが感じられない。

「あんな腹を見て買おうなんて、物好きな男がいるのかねえ」

「おいおい、あんまり言ってやるなよ」

男たちの話し声が聞こえているのかいないのか、遊女は持ち場に座り、ただ顔を俯(うつむ)けていた。

反応がないのをいいことに、男たちはこそこそと侮蔑(ぶべつ)を続けた。

「髪を見てみろよ、高そうな簪(かんざし)なんか差してら。あんな不釣り合いなモン、売っちまやいいのに」

「どうせどっかで盗んだか、お歯黒どぶに落っこちてたのを拾ったんだろ。大見世で意気を張る売れっ妓(こ)に憧れたか？　惨めだねえ」

「まるで〝漆搔き(うるしかき)〟だな」

一人の男がぼそりとつぶやいた。

屋根の上に止まった鴉が、くるりと嘴(くちばし)を男たちに向ける。

「漆搔き？」

「ああ。これは飲み屋で聞いた話なんだがよ、お前ら、漆を採る手段は二通りあるって知ってたか？」

男の話はこうだ。

　漆器に使われる漆は木の樹液でできている。採取するには樹液を採り尽くして伐採し、木が新しく生えるまで十年待つ「殺し掻き」、または殺さぬ程度に少しずつ削り取る「養生掻き」、二つの方法どちらかが取られるのが一般的だ。

「ほお、知らなんだ。んで？　それがどうした」

「どっちにしたって搾(しぼ)り取られることに変わりはねえ。でもな、俺だったら養生掻きは絶対に嫌だね」

　言って、男は目を伏せた。

「確かにそっちの方が残酷かもな。お前、あの女郎が養生掻きをされてるみてえだって言いたいんだろ」

「なるほど。孕んじまっても、女郎であることを辞められないんだからな……って何だお前、あの妓に同情してんのか？」

　仲間に問われ、男は黙って下を向いた。が、全身をぷるぷると震わせたかと思うと、途端に大口を開けて笑い始めた。

「ぶわあか、誰が同情なんぞするかよ。こんな狭くて汚え(きたね)場所で男と乳繰(ちちく)りあって、それでおまんま食えてんだから、ここの妓どもは皆生まれついての淫乱だ」

「なはは、違(ちげ)えねえ」

　手を叩いて笑う男につられ、仲間の一人も笑いだした。残る一人は口を尖らせている。

「んだよ、同情してる演技だったのか？　質の悪い奴だぜ」

大笑いをしていた男は目尻をぬぐうと、野卑な笑みをこぼしてみせた。

「どこの種ともわからんガキを孕んだ妓だ、そんなのを助けようなんて奇特な奴がどこにいる？　まあ、生まれてくるガキのことは、ちぃと不憫に思うがな」

男たちはニヤニヤと薄ら笑いを浮かべながら歩きだした。遊女は俯いたままで、表情をうかがい見ることができない。男たちが目の前を通り過ぎても、やはり動かず、何も言わなかった。

屋根の上にいた鴉が、遠ざかっていく男たちの背中を黒い目に留める。遠く待乳山から群れの声を聞いてか、やがて鴉は嗄れた鳴き声を響かせ、漆黒の翼を広げた。

赤黒く染まった空へと飛び去っていく鴉の羽が、一つ、浄念河岸に舞い落ちた。あっという間に陽が落ち、辺りは夜闇に包まれていく。

黒羽が闇に溶けこむその時まで、遊女はうなだれ、己が腹を見つめていた。

一

深川(ふかがわ)にある黒羽屋(くろばや)の仮宅。瑠璃(るり)は自室でぐい、と猪口(ちょこ)に満たした酒をあおった。

「ええい、むしゃくしゃすらあ。おい、その徳利(とっくり)も寄越せ」

「お、俺の徳利……」

強引に酒を奪われ、髑髏(がしゃどくろ)のがしゃは切なげに声を漏らす。髑髏の横で山姥(やまんば)の露葉(つゆは)が呆れたように瑠璃を見やった。

「ちょいと、夜見世があるのにそんなに飲んでいいのかい？」

「飲まなきゃやってらんねえんだよ。本当は油坊(あぶらぼう)の酒がいいけど、今日は普通ので我慢するしかねえ」

自棄酒(やけざけ)をあおりながら不満をあらわにする瑠璃。片や露葉は思案げに瑠璃の横へと目を転じた。

信楽焼の付喪神(つくもがみ)、お恋(れん)が、瑠璃の衣裳の袖(そで)を何度も引っ張っていた。

「花魁(おいらん)、こまちゃんが裏切ったなんて嘘ですよね？　こまちゃんがそんなことするはずな

い、ちゃんと事情を聞いて連れ戻してきてくださいよっ」

お恋は涙目で訴える。瑠璃は狸(たぬき)を一瞥(いちべつ)すると、すぐに顔を背けた。

「あいつの話はもうするな。わっちを騙して敵に情報を流してたような極悪犬だ、こうなったら名前すら聞きたくねえ」

信楽焼の瞳がふっと暗くなった。瑠璃は寸の間、ばつの悪い顔になる。だが荒っぽく腕をまわすと、お恋の手から袖を奪い返した。

「お前なあ、こまに名前をつけたのは自分だろ。なのにそんな言い方はねえんじゃねえの」

「そうだよ瑠璃。あたしが見た限り、こまは悪い妖(あやかし)じゃなかった。そもそも妖の中に人を傷つけようなんて奴はいない。お前さんもよくわかってるはずさ」

がしゃと露葉から口々にたしなめられ、瑠璃は苛々と舌を鳴らした。

「何だ、わっちが悪者だって言いてえのか」

「そうじゃないけど……」

妖たちは一様に黙りこんでしまった。

青っ切りに注いだ酒を一気に喉へと流しこみ、瑠璃も固く口を引き結んだ。どうにも腹の虫が騒いでたまらない。

靄(もや)が立ちこめる心中では、昨日に交わした会話を想起していた。

「お内儀（かみ）、一体どういうことか説明しろっ」

黒羽屋の一階にある内所で、瑠璃は怒声を張った。

「花魁、少し落ち着いてください」

権三（ごんぞう）が瑠璃の肩を押さえてなだめる。横で錠吉（じょうきち）も心配そうに、瑠璃の様子をうかがっていた。

「あんまりでかい声出したら、他の姐（ねえ）さんらに怪しまれるぞ」

「とにかく座ろうよ花魁、ね？」

時刻は夜八つ、真夜中である。床入りを終え、客も遊女も眠りにつき始める頃だ。

双子の兄弟、豊二郎（とよじろう）と栄二郎（えいじろう）が慌てたように瑠璃を諭（さと）した。

「うるさいっ。鳩飼（はとか）いが義理の兄貴だったと知って、どうして落ち着いていられる？　あの野郎、言いたいこと言ってとっとと逃げやがって」

瑠璃は乱暴に権三の手を振り払った。目の前に座っている痩せぎすのお内儀に向かい、鋭い眼差しを向ける。

「あんたはどうせ、何もかも知ってたんだろう。知っててわっちらに隠してきた。もうはぐらかされたりしない、あんたが隠してたことをすべて聞くまで、わっちはここから離れない」

黒羽屋のお内儀、お喜久は煙管の吸い口を噛みながら、瑠璃の怒鳴り声を無表情に聞いていた。

時は天明。幕府公認の遊郭である吉原で花魁を務める瑠璃は、鬼退治組織「黒雲」の頭領という裏の顔を持っている。死してなお怨念が消えず、鬼と成り果てた者たち。それを退治するのが黒雲の仕事だ。

瑠璃の正体は太古から存在した三龍神が一体、「蒼流」の宿世。さらに心の臓には「飛雷」という別の龍神が憑いていた。飛雷は現在、妖刀と瑠璃の体内に二分割され封じられている。したがって瑠璃は、魂が蒼流という龍神そのものでありながら、体内にも飛雷の半分を宿しているのだ。そうして飛雷を扱うことで、尋常ならざる膂力を持つ鬼たちを斬ってきた。

黒雲の任務は瑠璃を筆頭に、男衆を四人まじえて行う。錠吉、権三、豊二郎、栄二郎の四人は、普段は大見世「黒羽屋」で若い衆として働きながら、任務の際も瑠璃を支えていた。黒雲の五人に任務を伝えるのが黒羽屋のお内儀、お喜久である。

「先月の火事は、惣之丞が誘発していたんだ」

瑠璃は忌々しげに拳を握った。

「わっちらは何も知らず、あいつの手の内でずっと踊らされていた……このままでは終われません。やられっ放しで済ませてたまるか」

瑠璃は内にこみ上げる憤りをぶつけるようにして、お喜久に訴えた。

吉原の中見世「丁字屋」で起こった火事。火を放ったのは雛鶴という遊女だった。瘡毒に苦しみ、生きることに嫌気が差した雛鶴は、苦痛から逃れるために火をつけた。

雛鶴と懇意にしていた瑠璃は決死の思いで吉原の全焼を防いだ。錯乱した雛鶴を説得し、正気に戻すこともできた。しかし瑠璃の苦労は、水泡と帰してしまう。

雛鶴に火つけを教唆したのは「鳩飼い」という組織名を騙る男だった。男の狙いは、吉原を代表する名妓「四君子」たちを生き鬼にした上で使役すること。生き鬼とは、地獄に魂を売り渡すことで生きながら鬼になった者を指す。通常の鬼を遥かに凌ぐ呪力を有するのが特徴であり、男は自らの手駒にすべく、雛鶴に接触していたのだ。

結果、雛鶴は男に服従する生き鬼にされてしまった——その男というのが、瑠璃の義兄、惣之丞である。

瑠璃には今も、五歳までの記憶がない。大川を流れていた五歳の瑠璃を拾ったのが、江戸で人気の芝居小屋「椿座」の先の座元、惣右衛門という男である。瑠璃には吉原に来る以前、椿座で立役を務めていた過去があったのだ。破天荒ながらも人情に厚い惣右衛門を、瑠璃は心から慕っていた。

だが惣右衛門の息子、惣之丞は真逆だった。瑠璃を厭った惣之丞は、惣右衛門の急死に乗じて義妹を吉原に売り飛ばした。その惣之丞が今、鳩飼いという敵となり、瑠璃の前に再び

現れたのである。

混乱した瑠璃は惣之丞を問い詰めようとしたが、しかし煙に巻かれ、取り逃がしてしまった。ゆえにこうして黒の着流し姿のまま、お喜久に話を聞こうと怒鳴りこんできたのであった。

「惣之丞は黒雲のことを、何でもわかってるような口ぶりだった。わっちらさえ知らされてないことも、すべて。鳩飼いと黒雲の間には、何か深い関係があるんじゃないですか」

瑠璃はお喜久を睨みつけた。男衆は瑠璃がお内儀につかみかかるのではと、はらはらした顔で成り行きを見ている。

「そう、か。惣之丞がね」

お喜久は独り言のようにつぶやいて、ゆっくりと煙を吐き出す。悠長な態度に瑠璃は頭に血がのぼるのを感じた。

「いい加減に……」

「瑠璃、そこに座りなさい。お前たちもだ」

お喜久はぴしゃりと言って、瑠璃と男四人を見まわした。

男衆が互いに顔を見あわせる。若い衆という立場上、お内儀に逆らうわけにもいくまい。そのうち恐る恐るといった風に腰を下ろした。

肩を怒らせていた瑠璃もあからさまな舌打ちをして、その場にどっかと胡坐をかいた。

降り続いていた雨が、重く仮宅の屋根を叩く。冬がすぐそこまで来ているのだ。雨の音は雪よりも侘しく、内所に響き渡っていた。

「いつかこうなるだろうと、わかっていた」

お喜久は誰にともなく言った。お内儀の表情にいつもと違う陰を見て取り、瑠璃は片眉を上げた。

「鳩飼いがお前たちの前に現れた以上は、話すしかないね。黒雲の過去、そして鳩飼いとの繋がりを」

お喜久は静かにため息をついた。

「黒雲の源流は、千年以上も前に遡る。元々の名は〝姦巫〟。時の治世者に仕える、呪術師の集団だ」

「はとの、かい」

「その名は一族にとって職を表すものであり、同時に屈辱の象徴でもあった。なぜなら姦巫とは治世者につけられた、差別の意を含む名称だからだ」

古来、特殊な力をもって加持祈禱を行う呪術師たちは、民から尊敬と畏怖の念を抱かれていた。啓示や予言、幻術を行う者もいたため、人々は神の威厳を呪術師に見ていたのだ。不思議な能力がある者に心惹かれるのは、人の性と言えよう。

だが民を束ねる貴族、豪族、当時の権力者たちは、彼らの存在を危険視した。権力者にと

って「神聖な存在」は、自分たち以外にあってはならなかったからだ。加えて呪術師たちの姿は、圧政に不満がある民を扇動(せんどう)しているように、権力者の目に映っていた。

呪術師は巨大な組織を作り、いずれ反旗をひるがえそうとしているのではないか。おびえた権力者は、呪術師たちを貶(おとし)めることに力を注ぐようになった。

自らの神聖さを誇示するには、聖とは対極の存在、つまり「穢(けが)れの存在」を生み出す必要がある。時の権力者は呪術師の身分を最下層に設定し、彼らがいかに秩序を侵す存在であるかを、民に向かって声高に説いた。それまで呪術師に畏敬の目を向けていた民は、権力者の言葉を鵜呑(うの)みにしてあっさり掌を返し、彼らを侮蔑する側にまわってしまった。

しかし権力者の企みは、これだけに留まらない。

次に起こったのは呪術師の争奪戦であった。権力者は民に差別を促す一方で、呪術師を自分たちに隷属(れいぞく)させることで力を得、権威をより強固にしようとしたのだ。対立する勢力よりも強い呪術の力を得るべく、様々な画策が練られ、呪術師たちを翻弄(ほんろう)した。

呪術師たちは権力者の勝手な被害妄想により、危険分子として虐(しいた)げられ、かつ利用される道を歩まされてきたのであった。無論、姦巫一族も例外ではない。

数ある呪術集団の中でも、姦巫一族は密教、神道、陰陽道、あらゆる教えを組みこんで、独自の退魔術を編み出していた。呪術において右に出る者はいないと言われていたほどである。それが権力者の目に留まらないはずもない。

権力者の誰もが、強力な呪術を有する姦巫を我が物にしようと躍起（やっき）になった。その奪い合いに巻きこまれて死んだ者も少なくはない。長い争奪戦の末、最終的に姦巫を勝ち取ったのは、当時の天皇であった。

古代王朝時代、時の天皇は姦巫に不可侵の身分を与える代わりに、自身に仕えるよう下知を下した。そして姦巫もこれを呑むことになる。民からの苛烈な差別に耐えかね、争いに巻きこまれて疲弊（ひへい）していた一族は天皇の命に従う他、生き残る術（すべ）を持たなかった。差別を生み出した張本人に仕えることでようやく、確かな後ろ盾を得ることができたのである。

「天皇に仕えることから始まった姦巫は、鎌倉（かまくら）幕府が発足してからは幕府の支配下に置かれることになった。政（まつりごと）の主権が変われば、仕える対象が変わるのも必定。そうして時を経て、徳川（とくがわ）政権に仕える今に至っている」

「それじゃわっちらの依頼人って、もしかして」

今の徳川政権の、頂点に君臨（くんりん）する者。

「そう。第十代将軍、徳川家治（いえはる）さまだ」

瑠璃たちは息を呑んだ。黒雲の上に立つ人物が、天下を統（す）べる将軍だとは想像だにしていなかった。

混乱を来している五人には目もくれず、お喜久は淡々と続けた。

徳川家康（いえやす）公が天下を取った際、姦巫も徳川家の配下となった。江戸を跋扈（ばっこ）する鬼を退治す

ることで安定と平和をもたらし、政権を陰から支えてきた。鬼専門の隠密、といったところである。

「ですがお内儀さん。今の俺たちにとって、鬼退治の要となっているのは飛雷です。飛雷は、花魁しか扱えない。ならば一族の要は何だったのですか」

錠吉が噛み締めるように問う。権三と双子も同じ疑問を抱いたらしく、表情を険しくしていた。

「惣之丞が言っていたことは当たってたんだ。姦巫は生き鬼を傀儡にして、〝呪いの目〟を使って鬼退治をしてきたんでしょう」

うなるような瑠璃の発言に、お喜久は目をつむった。

「そのとおりだ」

瑠璃はまなじりを吊り上げた。

「呪いの目を使って退治をすれば、鬼の魂を消滅させてしまうと知りながら？　これまで一体、どれだけの鬼を……」

がなり立てようとして、瑠璃は語尾を細らせた。

飛雷での鬼退治ならば、鬼を成仏させられる。ところが生き鬼が持つ「呪いの目」を使った鬼退治では、鬼の魂を輪廻の輪に戻してやることが叶わない。平和のためと銘打って、何人の魂が無に帰されたのだろう。考えることすら憚られる思いがした。

「昔から、姦巫は〝宗家〟と〝分家〟に分かれていてね、二つの家が協力して鬼退治をしていたんだ」

お喜久は薄く目を開き、一族の構成を明かした。

宗家の者は「傀儡師」の力を、分家の者は「結界師」の力を持っていたそうだ。姦巫の中でも役割が違っていたということになる。だが宗家、分家と区別していても、両家には同じ血が流れている。言うなれば兄弟関係ということらしかった。

したがって両家には傀儡師と結界師、どちらも産まれてくる可能性がある。もし分家に傀儡師の力を持つ赤子が産まれれば、その子は宗家に引き取られた。逆もまた然りだ。

「ただ結界は、妖を見るような素質さえあれば、姦巫一族でなくとも修行を積んで張れるようになる。豊二郎、栄二郎、お前たちのようにね」

お喜久は双子に目を向けた。

十四歳となった双子には、お喜久から結界の張り方を伝授された経緯がある。二人は視線を交わしていた。

「鬼退治において肝要なのは傀儡師の力。結界師はどこまで行っても退治の補助役に過ぎず、鬼を倒すことなどできないからね。ゆえに結界師は、分家として一歩引いていたんだ。姦巫はそうして二つの家で成り立っていたが、六十年前、両家の関係が揺らぐ事件が起こった。吉原の名妓、玉菊の退治だ」

瑠璃は眉をひそめた。吉原で知らぬ者がいないほど有名な遊女の名が出たからである。

弥生の夜桜、葉月の俄に並び吉原の三大行事に数えられる、文月の玉菊灯籠。六十年ほど前に死した中万字屋抱えの遊女、玉菊を偲んで、吉原中で玉菊の名を冠した灯籠を飾るのだ。赤と黒のだんだら模様の灯籠が軒ごとにずらりと並び、吉原を照らす明媚な光景は、名物として大切にされてきた。

玉菊は仁慈の精神を持つ妓であった。諸芸にも長けており、気風のよさは今でも遊女の模範として語り継がれている。当時の妓楼も茶屋も、そして遊客も、玉菊の意気と張り、誰に対しても分け隔てのない真心を讃えた。

玉菊が死してしまったのは深酒が原因であると伝えられている。が、実際は違っていた。

「玉菊は純粋な心を持つ妓だった。だが、だからこそ、心が闇に傾きやすかった。玉菊は死んだんじゃない。生き鬼になってしまったんだよ」

「生き鬼に……」

今でこそ召喚することも少ないが、瑠璃も楢紅という生き鬼を使役している。その瘴気は非常に暗澹かつ濃密で、瑠璃でさえも未だに気後れするほどだ。

お喜久いわく、玉菊は遊女の中では稀な「吉原を愛する女」であったそうだ。風流を嗜み、客と興じることを心底から楽しむ。しかし中万字屋の朋輩たちは、玉菊の思考を理解することができなかった。

遊女は自らを縛りつける吉原を憎みこそすれ、愛することなどありえない。それが遊女たちの共通認識だったのである。

玉菊を快く思っていなかった朋輩たちはある時、玉菊に毒を盛った。附子(ぶし)と呼ばれるこの毒により、玉菊は顔が爛(ただ)れたように変形し、見るに恐ろしい面相になってしまった。

玉菊の変わりようを目の当たりにした中万字屋は、毒を盛った下手人を探すことすらせず玉菊を罵倒し、吉原からの追放を決めた。哀しいかな、妓楼(ぎろう)にとって玉菊は、単なる商いの道具でしかなかったのだ。

遊女の命である美しい顔を失い、愛する吉原から裏切られた玉菊は、世を呪い、地獄に心の臓を売ってしまった。

玉菊が生き鬼となったことを受けて、姦巫に退治の命が下った。ところが玉菊の強い力に惚れこんだ先代の宗家は退治でなく、玉菊を新たな傀儡にしようと試みた。宗家はそうして手駒を増やし、力を保っていたのである。

しかしこれに対して待ったをかけたのが分家であった。分家は玉菊の怨恨は強すぎて、使役するのは危険だと反対した。だが宗家は聞き入れなかった。それほど玉菊の力が魅力的に映ったのかもしれない。結果、怒り狂った玉菊の呪いによって、姦巫一族の多くが虐殺(ぎゃくさつ)され、所有していた傀儡もすべて消滅させられてしまった。

「何とか玉菊を制御し、使役することはできたが、一族の数が大幅に減らされてしまえば失

敗というしかない」

豊二郎と栄二郎は身を強張らせていた。まだ十四歳の二人にとって、お喜久の話は恐怖に聞こえるのだろう。

「しかも玉菊は吉原にこの上ない執着を抱いていてね、長時間は大門の外に出すことができなかった。任務を終えたら必ず吉原に戻らなければならない。だから宗家は仕方なく一時、吉原に留まることにした」

これが、黒羽屋の始まりだったのだ。

一方で玉菊の使役を反対していた分家は、宗家の失敗を許すことができなかった。両家の対立は泥沼化し、姦巫はついに分裂してしまったそうだ。

宗家は組織名を黒雲と改め、妓楼を建てて根城とした。その上で玉菊を使役し、鬼退治を続けてきたのである。当初はやむを得ず吉原に留まった宗家だったが、いざ始めてみると、吉原が任務を遂行する上で有用な地盤だったと気づくことになる。吉原は多様な人間が出入りする、情報収集には最適の地だ。が、それだけではない。

吉原の中には人々が抱く、おどろおどろしい感情や奸計が渦巻いている。こうした土地柄が玉菊の呪力を増幅させ、ひいては黒雲の力をより盤石にしていたのだった。

ここまで語って、お喜久は口を閉ざした。さらに深い陰が差す瞳は、この先を話すのをためらっているようにも見えた。

「その後、分家は消息を絶っていたんだ。けれど三十年ほど前、分家の女が何の前触れもなく黒羽屋にやってきた。女は美しい盲目の娘を連れていた」

聞けば分裂の後、分家は何とか生計を立てようと苦心していたそうだ。だが傀儡師がいなければ鬼退治ができない。加えて宗家から離れたことで、幕府の庇護も自然と失われてしまった。

金策に詰まった分家はこの時、壊滅状態にあったという。

「このままでは十歳を迎える前に娘を餓死させてしまう、ならば遊女にしてやってくれ、と女は頭を下げてきた。当時、私は十一。黒雲はお内儀を務めていた私の母が、二代目の頭領になっていた」

「お内儀さんのおっ母さんが二代目？　じゃあ、黒雲の三代目頭領ってお内儀さんだったんですか」

栄二郎が仰天したように問いかける。しかしお喜久は、首を横に振った。

「本来なら、三代目は私が継がねばならなかった。でも私には生憎と、傀儡師の力が備わっていなくてね」

お喜久の声はどこか寂しげだった。

結界の技術に優れていたお喜久だったが、傀儡師でなければ頭領は継げない。昔であれば分家行きである。次の跡継ぎに困っていたところに現れたのが、盲目の娘であった。

「娘には傀儡師の力が備わっていた。だから私の母は娘を遊女として引き取り、三代目の頭領に据えることにしたんだ」

とはいえ、分家こそ傀儡師を欲しがっていたはずである。みすみす手放すような真似をするだろうか。怪しんだお喜久の母は、女に疑問を投げたそうだ。すると女はこう答えた。破滅の一途を辿る分家にいるより、黒雲に身を置いた方が娘にとって幸せだろう、と。

分家は宗家に恨みを抱いていた。しかし背に腹は代えられない。娘の母親は苦渋の決断をしたのだ。

「傀儡師のいない分家は数を減らしながらも糊口をしのぎ、後に鳩飼いと名称を改めたようだ。宗家が黒雲と名乗ったのと同じようにね。一方で娘は、私の母の思惑どおり黒雲の頭領に就任し、そして表の稼業では太夫として大成した」

「太夫ですって？　まさか吉原で最後の太夫といわれている、朱崎太夫ですか」

かつて花魁よりも位が高く、遊女の最高峰とされていたのが太夫職だ。あまりに高額な揚げ代で、ごく一部の富裕層にしか手の届かない存在であったため、今は立ち消えになってしまった職である。

吉原の歴史で最後の太夫とされているのが、約二十年前に黒羽屋にいた朱崎太夫だと瑠璃は聞いていた。だが朱崎が盲目であったことも、ましてや先代の黒雲頭領であったなどということも、微塵も想像していなかった。

「……そう、朱崎だ。盲目であったからこそなのか、朱崎には目に見えぬ気を感じ取り、的確に鬼退治をする資質が宿っていた。強大な力は歴代の頭領で一番といっても過言じゃない。けれど、今は違う」

と、お喜久はゆっくり首をもたげ、瑠璃を正面から見つめた。

「朱崎は、自らが使役していた玉菊と同じ道を選んだ。地獄に魂を売る道を。そして今は、瑠璃、お前と血の契約を交わしている」

「なっ……」

瑠璃は凍りついた。微かな笑みをたたえる、白髪の傀儡が脳裏に浮かんだ。

「朱崎は、楢紅に……?」

うやむやにされ続けてきた、楢紅の正体。このような形で明かされることになり、瑠璃は驚きを隠しきれなかった。

「それじゃあ、わっちは三代目の頭領を、使役してるってことですか」

震える声で尋ねる。お喜久は瑠璃から目をそらし、わずかに頷いた。

「どうして今まで言ってくれなかったんですかっ。朱崎はなぜ生き鬼に？　それに玉菊は、どうなったんです」

「そこまで事細かに知ったところで何になる？　お前には龍神の力があるんだ。楢紅に頼らずとも退治は可能だと、自分でも言っていたじゃないか。玉菊のことも朱崎のことも、これ

以上はお前が知る必要のないことだよ」

お喜久は抑揚の欠けた声で続けた。

「お前のことだ、委細を知ったら、必要に迫られても楢紅は使わないと駄々をこねるだけだろう」

「そういう問題じゃ……」

言いよどんで、瑠璃は歯ぎしりをした。

お喜久の見立ては当たっていた。これまで躊躇しつつも楢紅を召喚してきたのは、楢紅が何者かを知らなかったからこそ。だが正体を知ってしまった今、瑠璃にとって楢紅は他人ではなくなってしまった。黒羽屋の太夫であり、先代の頭領であったならなおさらだ。

「黒雲は今も幕府に忠誠を誓っている。鬼退治の依頼は幕府から来ているし、報酬もそこから得ているんだ。余計な私情を挟んで任務を疎かにしてもらっちゃ困るんだよ」

動揺する瑠璃を尻目に、お喜久の口調は変わらない。気色ばむ頭領を権三が制した。

「惣之丞は〝黒雲が任務を選んでいる〟といったようなことを匂わせていました。つまり俺たちは、幕府に都合のいい案件を優先させられていた、ということですか」

「そう。こちらとて商売だ、依頼人のために優先順位をつけるのは当たり前だろう」

瑠璃は混乱する頭で、これまでこなしてきた任務を思い返した。春頃に退治した「祟り堂」の鬼。簪で頭を貫いて死んだ娘は、武家の者ではなかったか。急かされていた案件は軒

並み、士分の者に絡んでいたのだ。

「幕府のことなんか、知らねえよ。どうだっていい」

腹立たしげに声を漏らす。

吉原で起きた火事の最中、瑠璃は火消し隊が吉原に来ないという事実を知らされた。吉原は江戸の外として隔離されており、それを指示しているのは幕府のはずだ。普段は吉原から上納金を巻き上げているにもかかわらず、いざとなれば見捨てる幕府。そのような存在のために命がけで任務を果たしていたこと、何も知らなかった自分に、悔しさがこみ上げてきていた。

「話は以上だ。さあ、戻りなさい」

早々に場を切り上げようとするお喜久に、瑠璃は憤慨して立ち上がった。

「待て、まだ終わってないっ。惣之丞はどうして鳩飼いに？　なぜ黒雲に因縁をつけてくるんです？　あいつは楢紅にこだわっているようにも見えた、その理由も知ってるんじゃないですか」

お喜久の瞳がわずかに揺れた。瑠璃は火がついたように畳みかける。

「あの男は江戸の平和のために動くような奴じゃない、それは義妹だったわっちがよく知ってます。鳩飼いの行う〝鬼狩り〟だって、慈善事業とは違うに決まってる。奴らの目的は何なんですか」

○3○

お喜久はなおも目をそらしていた。答えようとしないお内儀の様相に、瑠璃の心にはやるせない感情が影を落とした。

「お内儀さん、どうかこれだけは答えてください……あなたは、わっちらの味方なんですよね」

瑠璃の声には疑惑と祈りが綯い交ぜになっているようだった。男衆が頭領の背中を見やり、不安そうにお喜久へと視線を転じる。

お喜久はしばし黙った後、五人を緩慢に見まわした。

「お前たちが私を信用できないと言うのなら、それでもかまわない」

冷徹な返答に、瑠璃の面差しは失望で歪んだ。

「もういいっ。あんたにはがっかりだ。あくまでそういう態度を貫くんなら、わっちも金輪際あんたには頼らねえ。そうやって一人、だんまりを決めこんでるがいいさ」

勢いよく声を荒らげ、お内儀に背を向ける。

「おい、ぼさっとしてないでお前らも来いっ。そんな薄情な奴にもう聞くことなんかない」

頭領の凄みを受け、男衆もせっつかれるようにして立ち上がる。お喜久は五人を止める素振りすら見せなかった。

瑠璃は徳利から直(じか)に酒をあおった。だがすでに空になってしまったことに気づくと、ドンと畳の上に置いて嘆息する。

「ねえ、瑠璃。お前さんがこまに名前をあげた時のこと、覚えてる？」

出し抜けに問われ、瑠璃は露葉へと目をやった。

こまという名は、帰る場所を失ってしまった狛犬(こまいぬ)の付喪神に、瑠璃が自らつけてやったものである。

瑠璃の力に惹かれたと言って、部屋に入り浸っていたこま。だがそれは猿芝居、こまは惣之丞の手先であり、黒雲の情報を流す密偵であった。

「それが何だってんだよ」

こまに裏心があると気づけなかった瑠璃は、何も考えず受け入れてしまったことを今さら後悔していた。自分の浅慮に腹が立っているのに、露葉にまで言葉尻がきつくなってしまうのが我ながら嫌になった。

「あの時のこまの喜びよう、あれは嘘じゃなかったと思うんだよ。妖は名前を持たない。あたしもね、昔々に人から名前をもらったんだ。それまでは、ただの山姥でしかなかった」

露葉は見た目こそ若々しいが、実のところは数百年を生きてきた老齢の妖である。昔は今と違って妖を見ることができる者が多かったそうだ。しかしいくら姿が見えていても、人は人ならざる者を遠ざけ、存在を認めようとしない。妖を人に害なすものと決めつけて、彼らの本質を見ようともしていなかったのだ。山姥に至っては、好物が人肉であるという根も葉もない伝承が勝手に作られていた。

実際には、人を襲う意思などこれっぽっちもない。されど山姥は幾度となく人に恐怖の目で見られ、悲鳴を上げられてきた。次第に自分から人と遭遇せぬよう避け、鳥や獣だけを話し相手として、山中にひっそりと暮らすようになった。

山姥は孤独だった。時折、山の上から麓に広がる村を眺めては、なぜ自分は人ではないのか、妖と人に何の違いがあるのかと、答えのない問いかけを心の中で繰り返した。

人と関わることを諦めてから、山姥の風貌は変わっていった。かつては自分の姿に驚いた者たちが落とした荷物から、着物や小間物を拝借していたのだが、もはやそんな機会もない。髪は乱れ、着物は土に汚れたまま。だが、どうせ誰も自分を見てはくれないのだ。誰のために、どうして身だしなみを整える必要があろうか。いつの間にか、山姥の姿は伝承どおりの恐ろしげなものになっていた。ついに山姥は村を眺めることをやめてしまった。

そんな日常は、ある日を境に一変することになる。

「一人の若い木こりが山に入ってきてね、足をくじいて動けなくなってたんだ。迷ったけど、あたしは木こりを助けることにした。あの時のびっくりした顔といったら、今でもはっきり覚えてるよ」

山の植物を使った塗り薬を渡し、山姥は足早に去ろうとした。ところが木こりは山姥を引

き留めた。そして厚く、礼を言ってきた。

「何でかはわからないけど、変に懐かれちゃって。それからも頻繁（ひんぱん）に会いに来てくれたんだ」

木こりの男は山に来る度、山姥のために新しい着物や櫛（くし）を持ってきた。元どおりのこざっぱりとした姿になった山姥を見て、男はある提案をする。

それが、山姥に名前を贈ることであった。

「露を含んだ葉のように美しいから、露葉ってね。嬉しくて仕方なかった。名前なんて形のないものなのに、着物より、どんな櫛や簪より嬉しくて。名前があるってことがこんなに幸せなことなんだって、自分でも信じられないくらいだったよ。でも名前をくれたその人は、あっという間に年を取って死んじまった」

長寿な妖からすれば、人の寿命はあまりに儚い。露葉は男の死後、再び山で一人になった。時代を経るにつれて人の心のありようが変化してしまったのか、露葉が見える者は少なくなっていった。

露葉は誰にも存在すら知られぬまま、長い時を過ごしてきたのである。気まぐれに山から下りて江戸の町々を見て歩き、そして吉原で、瑠璃と出会うまで。

「人にはわからないかもしれないけど、名前をもらうっていうのは妖にとって、毎日に光が与えられるようなものなんだ」

そう語る露葉の目は、過去を思い返すかのように遠く、寂しげであった。

「俺だってそうだぜ。髑髏だからがしゃだなんて適当な名前でも、名前は名前だ。お前がくれた、俺だけの名前なんだぞ」

がしゃもまた、瑠璃が名づけをしていた。再三もう少しひねりのある名前がいいと文句を言ってはいたが、どうも心中では喜んでいたらしい。

カタカタとおどけたように笑うがしゃを見て、瑠璃は畳へと視線を落とした。

「私も、お恋って名前、大好きです。花魁につけてもらった時、何て素敵なんだろうって……こまちゃんだって、きっと同じだったに決まってますよ」

お恋は狸の小さな手で拳を作り、涙目で瑠璃を見つめていた。

妖たちにもそれぞれの境遇や想いがあるのだ。瑠璃は露葉たちの言葉に改めて感じ入るものがあった。

しかし今は何を言われても、彼らの期待には沿えそうになかった。

露葉たちが善良で悪意を持たぬ者たちだというのは重々、理解している。人づきあいが苦手な瑠璃と一緒に過ごしてくれる、大事な友であることに間違いはない。

されどこまのしたことは、悪意のあるなしはさておき、瑠璃の友であった雛鶴を生き鬼にすることに繋がったのだ。そう思うと、瑠璃は虚無感に心が覆われてしまうようであった。

夜見世を控えた妓楼は、にわかに慌ただしくなってきていた。

瑠璃は何も言わず立ち上がる。妖たちに背を向けて布団の間へ行き、着替え始めた。

妖たちが瑠璃の背中を眺めるも、背中から伝わってくるのは頑(かたく)なな気配ばかり。しばらくすると妖たちは沈んだ面持ちを浮かべ、順々に窓から去っていってしまった。

二

吉原の大見世である黒羽屋が今、仮宅で営業をしているのは、雛鶴によって起こされた火事で妓楼の一部が焦げてしまったからである。

雛鶴だけに限らず、世を儚む遊女たちが放火をする事件は過去に何度も記録されている。建物が密集し、火消し隊にも放置されてしまう吉原は、これまで何度も焼失と復活を繰り返してきたのだ。楼主たちも慣れたもので、妓楼が焼けると決まって深川や今戸(いまど)に臨時の仮宅を設置した。

深川は、明暦(めいれき)に起こった大火災をきっかけに発展を遂げた地である。大量の材木を仕入れることが喫緊の課題となっていた当時、材木問屋は深川の地を埋め立てて堀を設け、大規模な木場を作り上げた。巨万の富を得た材木問屋にあやかるようにして、深川には飯屋や岡場所が集い、今では辰巳(たつみ)芸者たちの色っぽい活気に栄えていた。

「お気楽なモンだ、火事が起こって喜ぶのは吉原の不届き者だけだよ」

朝餉(あさげ)を終えた瑠璃は、洲崎弁財天(すさきべんざいてん)の近くにある煙草屋へと向かっていた。

仮宅は些か手狭になり、吉原ならではの雰囲気も薄れるため、揚げ代は通常よりも安く設定される。しかしながら、普段は吉原に手の届かない懐具合の者を呼び寄せられるため、仮宅での営業は案外と儲かるのだ。楼主の中には火事が起こることを待ち望んでいる者まであるくらいである。

また吉原と異なり、仮宅において遊女はある程度の自由を許されていた。足抜けが増えるかと思いきや、不思議とそうとも限らない。女の出入りを監視する四郎兵衛会所が大門で目を光らせることもなく、好きに吉原の外を歩けるだけで、日頃の鬱憤が晴れるからなのかもしれない。仮宅営業は、遊女たちにとっても秘めたる楽しみであった。

「どいつもこいつも仮宅での暮らしを満喫しやがって、これじゃわっちが馬鹿みてえだ。ええ寒いな、くそっ」

すぐ南は波の荒立つ海であり、冬の潮風が瑠璃の白い肌に凍む。空にのぼった太陽は深閑とした輝きを放つばかりで、地上を暖めてはくれない。

瑠璃は毒づきながら御高祖頭巾の首元に仕込んだ襟巻へ手をやり、吹きさらす風に体を縮めた。

「お前があれだけ必死に火を消したというに、全焼すればよかったと言う者もおるらしいな。まあ瑠璃、あまり気に病むでないぞ」

横を歩くさび柄の猫、炎が相槌を打った。

猫の姿をしてはいるが、炎の正体は廻炎（かいえん）という龍神である。三龍神の戦いに敗れた炎には、瑠璃の遠い先祖に救われ、雌猫の死体に魂を移したという過去があった。残念ながら今は龍神の力を失っており、体を巨大な赤獅子に変化（へんげ）させるくらいしかできない。

猫にしては寒さに強い炎だが、さすがに冬の凍てつく潮風は応（こた）えるようで、ぶるると毛を逆立てた。

「わかってるよ。もうあの時の傷も癒（い）えたし、いつまでも感傷に浸っちゃいられねえからな」

瑠璃は小声を作って炎に答えた。人通りがほとんどない道ではあるが、猫と喋っているのを誰かに聞かれたら、頭がおかしいと思われかねない。

「あのお内儀が話そうとしない以上、鳩飼いのことも自力で調べなきゃいけなくなった。でも何をどうしたらいいものか、さっぱり思いつかねえ」

深々とため息をつく。炎は歩きながら瑠璃の顔を見上げた。

「まさかあの惣之丞が、こうして敵になるとはな。因果というのはわからぬものじゃ」

「炎、お前は惣之丞のこと、どういう風に見てた？」

「ふむ……何を考えておるかわからぬ、というのが正直な感想よ。お前には話したことがなかったが、鴉を殺して笑っているのを見たことがあってな、薄気味悪いと感じたわい。思えばあれも、何かの呪術を試していたのやもしれん」

椿座にいた頃から、炎は瑠璃と一緒だった。瑠璃の義父、惣右衛門や惣之丞のこともよく知っている。惣之丞の猟奇性を感じ取ってはいたものの、まだ幼かった瑠璃には話せなかったらしい。

「わっちだけじゃなく他の弱いモンまで苛(いじ)めてたのか。つくづく救いようのねえクズだ」

瑠璃の心には勃然とした怒りが、腹の底から湧き上がってくるようだった。

惣之丞は当時、義理の妹になった瑠璃を目の敵(かたき)にし、毎日のようにこづきまわしていた。その横暴さは惣右衛門でも手に負えぬほどであった。

瑠璃が十五になろうという頃、惣之丞は突如として瑠璃に襲いかかってきた。必死の抵抗により未遂に終わったものの、瑠璃の義兄に対する不信はこれで決定的となった。

愕然(がくぜん)としている瑠璃に惣之丞が放ったのは「何だ、まだおぼこだったか」という嘲笑であった。端正な顔立ちの惣之丞が女に困るはずもない。吉原に売る前の値踏みであったと気づくのは、瑠璃が黒羽屋に来た後のことである。

過去を思い返して苦りきった顔になっている瑠璃に、炎は持論を述べた。

「ほれ、以前お前に雛鶴から呪いの文が届いたじゃろう。あれは惣之丞の入れ知恵だったんじゃないか？」

四君子を傀儡にするべく惣之丞が吉原を訪れていたのは、もはや疑いようもない。四君子の三人に客として近づき、心に闇を生むよう惑わして、生き鬼にしたのだ。

○4○

通常の鬼は死してから膂力を得、精神を冒す鬼哭をもって生者に危害を及ぼす。しかし生き鬼はその名のとおり生きたまま鬼となり、「呪いの目」であらゆる生き物を消滅させる。両者は似た存在でありながら、成り立ちが根本的に異なるのだ。そして何者かによって傀儡にされた場合、鬼は内外で渦巻く人間の負の感情をもって呪力を増幅させる。かつて玉菊が吉原に蠢く負の感情を吸収し、糧としていたのも同様だ。

「炎」

瑠璃はいつの間にか歩みを止めていた。

「わっちは、雛鶴を救えなかった。わかるんだよ、今のわっちじゃ雛鶴を救うことができないって」

唇を噛み、やり場のない怒りをぶつけるように地面を睨む。

瘡毒に冒される恐怖と孤独に狂ってしまった雛鶴。瑠璃の命懸けの説得により生きる希望を見出したものの、最後の最後で惣之丞に奪われ、生き鬼にされてしまった。

地獄に心の臓を売り渡せば半永久的に激烈な呪力を得ることができる。だが生き鬼になってしまったが最後、もう人に戻ることは許されない。通常の鬼であれば飛雷で魂を浄化させられるが、地獄と契約してしまった生き鬼は、飛雷をもってしても成仏させてやることができないのだ。地獄との契約は力を得られる一方で、重く、決して取り返しのつかない行為なのである。

四君子のうちの三人、花扇(はなおうぎ)、花紫(はなむらさき)、雛鶴。彼女たちが放っていた、魂の芯を凍らせるかのごとき瘴気。目の当たりにした瑠璃は、己の無力さを否応なく痛感していた。

炎も立ち止まり、瑠璃のそばに黙って寄り添う。おそらくは炎も、今のままでは生き鬼の魂を浄化できないことに同感なのだろう。

風にさらされながら佇(たたず)む一人と一匹。その時、陽気な塩辛声が後ろから聞こえてきた。

「おや、瑠璃？　ああ、やっぱりそうだ」

瑠璃は振り返った。

「……安徳(あんとく)さま？」

今戸にある慈鏡寺(じきょうじ)の住職、安徳であった。この老和尚は惣右衛門と知己の仲であり、瑠璃のことも幼い頃から知る人物だ。

安徳は坊主頭に寒さよけの手ぬぐいを被っている。目尻に刻まれた皺(しわ)をさらに深め、上機嫌で瑠璃に近寄った。

「ふぉっふぉ、こんなところで会うとは奇遇じゃの」

「どうして深川に？」

「錠吉の様子を見に来たんじゃよ。火傷(やけど)の具合が気になっての」

「錠さんなら、権さんと一緒に付け馬に出かけたはずですけど」

遊郭への支払いが思ったより高額で支払えない場合や、ツケが溜まりすぎている場合、若

い衆が客についていき、金を受け取る仕組みがあった。これを付け馬という。羽目を外しすぎた客の気を引き締めるのに大切な役である。

「ん？　ああ、そのようじゃな。道すがら二人とすれ違っての、急いでおったようじゃから少ししか話せなんだ」

安徳は手ぬぐいの上からぽりぽりと坊主頭を掻いた。どうもそのまま今戸に帰るのが惜しいと、深川まで散歩してきたらしい。

「どうせ馴染みの辰巳芸者と遊ぶつもりだったんでしょ。師走の忙しい時期だってのに、錠さんに叱られたって知りませんからね」

除夜の鐘で煩悩を払ってもらえば、と瑠璃はつっけんどんに言い放った。

安徳はかつて僧侶であった錠吉の、師匠でもある。丁字屋炎上の折、大火傷を負ってしまった錠吉を安徳が介抱していた。

昔から僧侶の立ち居振る舞いをほっぽって色を好む安徳は、俗に言うところの生臭坊主だった。いついかなる時も真面目で恬淡とした弟子とはまるっきり対照的だ。

白け顔の瑠璃に対し、安徳はあたふたと話題を戻した。

「いやしかし錠吉の奴、ぴんぴんしておるようで安心したよ。火傷の跡は残ってしもうたが、あやつらしいというか、少しも気にしておらんで拍子抜けしたわい。ま、ただの美丈夫というのもあれじゃし、ちょうどいいじゃろ」

弟子が重傷を負ったというのに、安徳はあくまで楽天的だった。怪我が心配というのもあながち嘘でないだろうが、それにもまして、寺を出奔していた錠吉と再会できたことにすこぶるご機嫌のようだ。

瑠璃は老和尚を半目で見据えた。

「安徳さま、錠さんが綺麗な顔してるのが羨ましかったんですね」

「んな、そ、そんなことはないわいっ。そりゃあ昔からたくさんの女子に声をかけられておったし、素晴らしいことだとは思っていたが……ん、そこにいるのは炎じゃないか」

落ち着きなく首を振っていた安徳は、取り繕うようにさび柄の猫へ目を向けた。

「うむ。和尚よ、男の嫉妬は見苦しいぞ」

「たはあ、手厳しいのぉ」

安徳は光る額に手を打った。猫が人言を話しても特段、意に介してはいないようだ。

錠吉が負傷した時、炎は赤獅子に変化して錠吉を慈鏡寺に運んだ。最初こそ赤獅子に驚いていた安徳だったが、今では何事もなく受け入れている。喋る猫だけでなく、どうやら妖のことも昔から見えていたらしい。

瑠璃はがっくりと肩を落としていた。

「ったく、まさか安徳さまも妖が見える体質だったとはねえ。そうと知っていれば、わっちが小さい頃の悩みも解消されてたのに」

「お前さんが見えることを隠していたのと同じじゃよ。見えないものを見えると言ったら、他の者に怖がられてしまうじゃろう。同じ悩みを抱えている者同士でも、気づけないのは仕方なきことよ」

安徳は鷹揚に笑い声を上げた。瑠璃はふと深刻な顔つきになり、和尚の笑顔をとっくり眺めた。

「安徳さま、錠さんから聞いたんでしょう……その、黒雲のことを」

錠吉は慈鏡寺で介抱された際、なぜ大火傷を負うことになったか、どうして赤獅子に連れられてきたのかを安徳から問い詰められていた。炎に「錠吉を頼む、儂は瑠璃のもとへ戻らねばならん」と言い置かれた安徳が、どういうことかと弟子に詰め寄ったのだ。隠しきれないと判断した錠吉は鬼退治の任務のこともすべて、師匠に明かさざるを得なかった。

安徳は瑠璃の表情が変わったのに気づき、笑うのをやめた。

「ああ、聞いたよ」

「驚いたでしょうね、瓦版にも載る謎の五人衆が、わっちらだったと知って」

「そりゃ驚いたとも。でも儂って徳の高いお坊さんじゃもん、それくらいじゃ慌てふためかんよ」

「今はふざけないでください」

言下に諫められ、老和尚はしょんぼりと眉を下げた。

「お前さんも錠吉も、辛い使命を背負うことになったものだと胸が痛んだよ。誰かがやらねばならぬことじゃろうが、二人にはもっと、穏やかな道を歩んでほしいと思っておったからの」

惣右衛門の養子である瑠璃は、安徳にとっても我が子同然の存在だった。惣右衛門の死後、行く末を長らく案じてきたのである。

口をへの字に曲げている瑠璃を、安徳は哀しげに見つめた。

「どうした、何か悩んでおるのか？　儂に話してごらん」

優しく問いかけられて、瑠璃は地面へと視線を移した。ひどく物憂げな面持ちをしているのは、吹きすさぶ風に耐えているからではない。

腑に落ちないことだらけだった。曲がりなりにも惣之丞と十年も一緒に暮らしていたのに、瑠璃は義兄に役者以外の顔があることを少しも気づけなかった。足首にあった鳩の入れ墨も、瑠璃の記憶にはないものであった。

では惣右衛門は、息子が鳩飼いだと知っていたのだろうか。

「少し気になってることがあるんです。父さまは、妖を見る力を本当に持っていなかったんでしょうか」

「何じゃ突然？　惣の字は妖を見ることができない、少なくとも儂はそう認識しておったが」

安徳は眉根を寄せつつ答えた。

黒雲のことはやむなく明かしたが、鳩飼いのことまで説明して老和尚を巻きこむわけにはいかない。瑠璃は言葉を選びながら問いを重ねた。

「じゃあ、あの、惣之丞のことを父さまはどう思っていたのか、生前に相談を受けたことはありましたか」

惣之丞が鳩飼いの一員ということは、父親である惣右衛門も当然、鳩飼いに属していたと考えられる。惣右衛門も惣之丞と同じように非道な行いをしていたのだろうか。もし今も生きていたなら、瑠璃でなく惣之丞の肩を持つのだろうか。

惣之丞が敵として現れた今となっては、亡き義父のことまで疑わしく思えてくる。瑠璃の顔には切迫した色が浮かんでいた。

「惣之丞なあ……あれの性分に手を焼いてはおったが、お前さんと同じくらい愛情をかけていたと言っていいじゃろう」

安徳の答えはしかし、瑠璃が抱いた疑念を増幅させるだけだった。

「それは、絶対と言いきれますか？　父さまは江戸で一番の歌舞伎役者だった。嘘をつくのもお手の物だ。安徳さまに隠し事をしていなかったと、断言できますか」

「隠し事？　惣の字がお前さんより惣之丞に目をかけていたと思っておるのか？」

生みの親を知らぬ瑠璃にとって、惣右衛門は唯一無二の存在だった。義父だけを頼りとし、肉親も同然に慕っていたのである。惣右衛門もまた、瑠璃を自分の娘として扱ってくれていた。感情を出すのが下手だった瑠璃に芝居の魅力を説き、浮世の輝かしさと人の心を教えてくれた。やり方は決して丁寧ではなかったが、惣右衛門の豪快な人柄は瑠璃の心を救ってくれたのである。瑠璃にとって、惣右衛門は目指すべき光そのものだった。

だがもし、信頼していた義父が、実は妖を見る力や鳩飼いとしての裏の顔を隠していたとしたら。瑠璃への愛情が、役者ならではの演技だったとしたら。

――まさか父さまがわっちを拾ったのは、龍神の力を見抜いたからなんじゃ……わっちに、ゆくゆくは鬼狩りをさせるために……。

止めどない焦燥が瑠璃の胸をざわつかせる。最も恐れていた疑問が、自ずと口を突いて出た。

「養子より実の子を大事にするのは摂理（せつり）でしょう？　現に稽古（けいこ）の時、父さまはやたらとわっちばかりを叱っていた。惣之丞の演技は褒めちぎっていたくせに」

惣右衛門はこと芝居に関しては、非常に厳しいこだわりを持っていた。普段の呑気さからは考えられぬほど、稽古では人が変わったように瑠璃を叱咤する。義父の影響で芝居の道に足を踏み入れた瑠璃は、義父に何とか追いつきたい、認められたい一心で、人知れず血の滲（にじ）む努力を重ねてきたのだ。後に労せずして花魁の座についたのは、この経験があったからこそだった。

「父さまはわっちと惣之丞を、同等には思っていなかったんじゃありませんか」

「待て待て、少し落ち着け。何で今さらそんなことを疑うかは知らんが、話が飛躍しすぎじゃよ」

流れ続けるつぶやきを、安徳が慌てて遮った。瑠璃は我に返ったように和尚をはたと見つめる。

「飛躍って、何がです？」

安徳は決まり悪そうに首筋を掻き、何やら言いあぐねているようだった。そのうち小さく息を吐くと、口を開いた。

「まったく、惣の字も罪な奴よ。きちんと話しておれば娘を悩ませることもなかったろうに」

言葉の意味がわからず、瑠璃は首をひねった。

「いいかい瑠璃。惣之丞はな、惣右衛門と血が繋がっておらん」

「えぇっ？」

瑠璃は動転し、思わず炎と顔を見あわせた。炎にしても予想外のことだったのだろう、猫の黒目を大きくしている。

いわく、惣右衛門はある日突然、男の赤子を引き取ってきたそうだ。どこの誰の子なのか問い質すも、「好きな女が産んだ子だ、事情があって育てられないみたいだから引き取ってきた」とだけ言って、詳しくは語らなかった。どうやら親友にも委細を言わぬくらい、その女に本気になっていたらしい。

「それが惣之丞じゃ。惣之丞もお前さんと同じ、養子だったのじゃよ」

「本当に？　そんなこと、父さまは一度も言ってませんでしたよ」

「だから罪だと言うんじゃ。あやつめ、一つ屋根の下に住まう家族に血の繋がりなど些細なことと、笑うばかりでなあ」

「……あの適当男ならありえるな。些細というか、おそらくは話すのが面倒だっただけじゃろう」

炎は妙に納得した様子だ。瑠璃はといえば、思いきり眉間に皺を寄せ、あんぐりと口を開けていた。

「何、じゃそらっ」

空を仰ぎ、目を三角にして怒鳴った。

「些細、面倒って言ってる場合かっ。あの馬鹿親父、わっちの悩んでた時間を返せよっ」

惣右衛門は豪放磊落(ごうほうらいらく)という言葉を地で行く男だった。義父の性格を承知していたはずの瑠璃だったが、よもやこのように大事なことを「些細」で片づけていたとは知る由もなかった。義父に惑わされ、無駄に悶々(もんもん)とくすぶっていたのかと思うと、むかっ腹が立ってたまらなかった。

「あやつは芝居馬鹿じゃったからな。自分と同じ立役になったお前さんを何とか一人前にし

たくて、だから稽古で厳しくしておったんじゃろう。儂は傍から見ているだけだったが、お前さんが陰で泣きながら頑張っていたのも、惣の字の親心も、よくわかっておるよ」

安徳は瑠璃の心情を察し、苦笑していた。

「ちくしょう、きっとお天道さまの上から地団駄を踏むわっちを見て、笑ってやがるに違いねえ」

そんなことで悩むなんて、お前はまだまだひよっこだなあ。惣右衛門ならきっとこう言うだろう。しかし、義父が自分を貶めようとしていたのでないことも、瑠璃は理解していた。たとえ芝居の面で厳しくとも、普段の生活で惣右衛門が瑠璃に声を荒らげることはなかったからだ。

何よりも愛する義父が敵ではなかったということが、瑠璃の張り詰めた気持ちをいくらか楽にさせていた。

「瑠璃も惣之丞も、惣右衛門も、椿の一家は誰も血が繋がっていなかったということか。つくづく変わった男よの」

炎はやれやれと首を振っている。

「ふぉっふぉ、そこがあやつのいいところだ。お前さんもそう思うじゃろう?」

安徳に愉快そうに問われ、瑠璃は小鼻を膨らました。

「何だか阿呆らしくなってきますよ。けれど確かに、父さまはそういう人でした。安徳さ

「まあ、教えてくれてありがとうございます」

　安徳はうんうんと頷いている。

「お前さんを育てた男は奔放なものぐさじゃったが、信用に足る人間でもあった」

　瑠璃の瞳の奥をまっすぐに見つめ、柔らかな口調で語りかける。

「惣右衛門はお前さんのことを、心から大事に思っておったよ。血の繋がりなど、というあやつの言葉は一理あるのかもしれん。惣之丞も同じだ」

　瑠璃は上目遣いで安徳を見た。

「あの男は惣之丞のことも、実の子のように思っていた。惣之丞がお前さんを吉原に売ったことは、そりゃ惣之丞の非であることに変わりはない。じゃがな、惣の字はきっと我が子たちがいがみあうようになってしまったことを、寂しく思っているんじゃないか。儂はそう、感じるよ」

　噛んで含めるような安徳の言葉に、瑠璃は俯いた。

　安徳は惣右衛門のことを誰より知る人物だ。きっと安徳が言うとおり、義父は瑠璃と惣之丞の間に軋轢が生じた現状を望まないだろう。生前も二人の仲を懸念している様子だったのは、瑠璃もよく知っている。

　瑠璃は椿座での記憶に思いを巡らせた。

「惣之丞は昔から、何をやっても一流でした。きっと父さまも誇らしかったことでしょう。

わっちだって最初はそうでしたよ」

瑠璃が惣右衛門に拾われた頃、惣之丞はすでに舞台に立ち始めていた。女形には美貌が必須である。惣之丞の顔立ちは江戸の誰しもが認める美しさで、十歳だったにもかかわらず、醸(かも)し出す色気は熟年の女形をも圧倒した。

瑠璃は当初、惣之丞の演技に感銘を受けていた。義父の気質に触れて新しい生活にも慣れ始めれば、義理の兄と仲よくしたいと思うのも、幼い時分なら生まれて当然の心情だ。しかし惣之丞は瑠璃を徹底して嫌った。自分の後をついてまわろうとする瑠璃を邪魔だと突き飛ばし、汚いものでも見るような目で見下ろす。義父が親としての愛情をかけてくれていただけに、義兄の言動は、幼かった瑠璃の純粋な気持ちを打ち砕いた。

十歳になって立役に抜擢(ばってき)された瑠璃の心には、義父のような役者になるという目標の他に、もう一つの感情が兆していた。義兄には絶対に負けたくないという、闘志である。成長して物事の分別がつくようになった瑠璃は、義兄の態度が理不尽であると感じるようになったのだ。一方で惣之丞は、瑠璃が立役になった頃からますます嫌悪感を剝き出しにするようになっていた。

二人は互いに舞台で鎬(しのぎ)を削った。惣之丞と瑠璃が恋人同士の役になった時などは、観客たちはこぞって熱い吐息をこぼし、二人に見惚れた。見つめあう二人の間にあったのが、恋慕の情とは正反対のものであるとも知らずに。

「なぜわっちを嫌うのかと、面と向かって何度も聞きました。わっちが何をしたんだと」

「それは知らなかった。お前さんから惣之丞に、歩み寄ろうとしていたんだね」

安徳に言われ、瑠璃は内心で目から鱗が落ちる思いがした。

当時の瑠璃はいくら嫌われても、惣之丞との対話を心のどこかで望み続けていた。義理でも兄妹であること、同じ父親のもとで暮らしていることには変わりない。ひょっとすると自分でも気づかぬうちに、義兄の癇に障ることをしてしまった可能性も考えられる。話せば必ず和解できるはずだと信じていたのだ。否、そう信じたかったのかもしれない。

「けれど惣之丞は、まともに取りあってはくれませんでした。あの時も、それに」

今も、と瑠璃の声は尻すぼみになった。

鳩飼いとして現れた惣之丞に感じていたのは、怒りだけではない。過去、現在に共通する自分の願いに、改めて気づかされたようだった。

――そうか、わっちは惣之丞と話したいんだ。父さまが息子として育てた惣之丞となら、きっとわかりあえるって、今もどこかで信じたい気持ちが捨てられないんだ。

もし互いの心情を語りあうことが叶ったならば、義兄への見方が変わるのだろうか。

しかし、たとえ望みが叶ったとしても、惣之丞のしたことを看過するわけにはいかない。

鳩飼いが黒雲を敵視し、策を弄してくるのなら、瑠璃も頭領として手をこまねいてはいられないのだ。

──父さま。わっちは惣之丞がわからない。あいつの考えてることが、少しも理解できないんだ。

惣右衛門が生きていたら、瑠璃にどんな助言をするだろう。父親として、惣之丞の心理を読むことができたのだろうか。

心で語りかけても、惣右衛門が応えてくれることはない。

──一体どうしたらいいんだ。惣之丞の行動を読む手がかりを、見つけなきゃ……。

瑠璃はぎゅっと目をつむり、深呼吸を一つした。

「そろそろ行かないと。安徳さま、これで失礼します。お帰りは気をつけてくださいね」

「……ありがとう。お前さんもまた気が向いたら、慈鏡寺においで」

炎と連れ立って去っていく瑠璃の背中を、安徳は静かに見送った。老和尚の面立ちには深い憂慮が漂っている。

瑠璃たちの姿が完全に見えなくなるまで、安徳は打ち寄せる荒波の音を、身じろぎもせず聞いていた。

深川から今戸まで戻ってきた安徳は、慈鏡寺の小さな門をくぐった。生垣に植えられた柊が白い花を咲かせ、淡く芳香を放っている。

勤行のために気持ちを切り替えたくとも、瑠璃の沈んだ顔が頭から離れない。安徳は門のそばで立ち止まり、大きな吐息を漏らした。

「畑の手入れでもしようかの」

そう独り言ちて、立てかけてあった踏み鍬を手に取った。

慈鏡寺の裏手、本堂の奥には小さな畑がある。土いじりは安徳の趣味であった。春になれば茄子や胡瓜を植えるつもりだが、冬の今は特にすることもない。人参も大根もまだ収穫には早い。

せめて寒起こしをしようと畑に向かった安徳は、本堂の縁側に一人の男が座っているのを目に留めた。

安徳は先客がいたことにひどく驚いた。

縁側で足を組む男は、砕けた口調で声をかけてきた。

「よう、久しぶりだな」

「惣之丞」

天下の女形と称される人気役者であり、先ほどまで話題にのぼっていた、惣之丞その人であった。

惣之丞は安徳のいぬ間に勝手に火鉢に炭をおこし、背中を炙っていた。

「何だあ？　そんな顔して、せっかく千両役者さまが遊びに来てやったんだから、もっと歓

迎してくれよ」

整った眉を上げ、けらけらと笑い声を発する。

「稽古の合間に時間ができたからよ、たまには顔を見せてやろうと思ってさ。寒い中待ってたんだぜ？」

「お前さんも、変わらんの」

安徳はもう一度ため息をつくと、惣之丞に歩み寄った。

「儂のところより、もっと他に行くべきところがあるんじゃないのか？」

「何だそりゃ、ご挨拶(あいさつ)だねえ」

安徳の言い草が気に入らないのか、惣之丞は胡坐をかいて膝に肘をついた。

「今までどこに行ってたんだ？　檀家のところか？」

「いや、深川じゃよ」

「岡場所めぐりか。いいねえ、俺も久々に行こうかな」

「違う。さっきまで、瑠璃と会っていたんだ」

頬杖をついてニヤニヤしていた惣之丞は一瞬、頬を引きつらせた。

「……へえ、ミズナとね。天下の花魁さまは元気だったかい」

ミズナは瑠璃の本名である。惣右衛門が世を去った現在、この名で呼ぶのは惣之丞ただ一人だった。

「火事で負った怪我は治ってたか？」

「白々しいことを、その火事を引き起こしたのは誰じゃ」

惣之丞をたしなめる安徳の顔は、いつになく険しい。片や惣之丞はぷいとそっぽを向いた。

「とち狂った女郎だろ、人聞きの悪いことを言うなよ。俺は火をつけたら嫌なことから逃げられる、って教えてやっただけさ。感謝してほしいくらいだぜ」

「何てことを、妹を巻きこむことになったのに何も感じないのか？　ほんにお前さんという奴は……」

「妹って言うな。ミズナとは血が繋がってねえんだから」

突然、惣之丞は声を張った。安徳の顔を一瞥して、小さく舌打ちをする。

「何だよ、昔のよしみで来てみたら説教、説教。悪いが俺は仏を信じてないんでな、そういうのは他でしてくれ」

「惣之丞、儂はお前さんのことが心配なんじゃ。惣右衛門がいない今、お前さんに忠告してやれるのは儂しかおらんじゃろう」

安徳は惣之丞の横に腰を下ろした。惣之丞は黙って畑を睨んでいる。

惣之丞はこうして暇を見つけては、時たま慈鏡寺を訪れていた。亡き義父の親友であり、しがない古寺の住職である安徳にならば、素を見せるのに抵抗はないらしい。敵娼（あいかた）だった雛鶴

に火つけを唆したことも、あたかも武勇伝かのように語っていたのだった。

「瑠璃は大層、心を痛めておったよ。火事で失踪した雛鶴と仲がよかったそうじゃないか。あの子が動揺するのを見て満足か？」

ふっ、と惣之丞は不敵な笑みを浮かべた。

「どいつもこいつも傑作だったぜ。俺の思うまま掌でコロコロとよく転がってくれてさ、無様ったらねえよ。他の奴なんか放って逃げりゃよかったのに、下手な正義感を振りまわしてるから痛い目見るんだ」

「あの子を吉原に売り飛ばしただけじゃ飽き足らんか」

「はあ？　遊女にしてやったのは俺なりの親切だぞ」

女子である瑠璃が男の格好で舞台に立っていたのは、惣右衛門が戯れに提案したことがきっかけだった。

「女なのに男として振る舞わにゃならねえなんて、歪んでると思わねえか。だから俺が、正してやったんだよ。女であることを存分に噛み締められるようにな」

さも善行をしたかのように嘯き、惣之丞は笑っている。

何をどう言えばいいのか。安徳は途方に暮れてしまった。惣右衛門という快活な男の薫陶を受けたはずなのに、一体いつからこうなってしまったのか。

「儂の知る限り、幼い頃のお前さんは明るいとは言えなくとも、素直で芝居に夢中な童じゃった。なのに瑠璃が椿座にやってきた頃から、お前さんは少しずつ変わってしまった。何がお前さんの心を変えたのか、儂に話してはくれんか」

「あんたには言ってもわからねえよ。俺の考えなんて、誰にもわかるはずがないんだ」

惣之丞は無機質な目をしていた。

「そうやって抱えこむところは、瑠璃と同じじゃの」

「卑しい女郎なんかと一緒にすんな」

「惣之丞っ」

「はーあ、もう勘弁してくれ。親父が酒の飲みすぎでぽっくり死んじまって、うるさいことを言う奴がいなくなったと思ったのに。今度はあんたかよ」

惣之丞は大仰に息を吐くと縁側に寝そべった。疲労しているのか、整った横顔は青白く見える。

安徳は嘆かわしそうにこめかみを押さえていた。

「いつもお前さんと一緒にいるあの童子は、今日はおらんのか」

瑠璃たちの前に現れた時にも控えていた少年、柚月（ゆづき）。惣之丞は柚月に結界役を任せ、そばに置いていた。

「あいつは今、別の仕事中だよ」

「仕事とは、何かろくでもないことじゃなかろうな？　あのような年端も行かぬ子に何をや

らせて……」

「うるせえなあ、言っとくが俺は強制なんかしてない。柚月が望んでやってることだ、口出しするな」

安徳がどれだけ苦言を呈そうと、惣之丞の心には響かなかった。

惣之丞が安徳に素の顔を見せに来るのは、亡き義父の友として信を置いているからであろう。しかし父親の言うことも無下にしてきた惣之丞のこと、安徳の言葉を聞き入れようはずもない。

老和尚は自身の非力さを、身につまされる心持ちがした。

「なあ、惣之丞よ。どうして瑠璃を傷つける？　どれだけあの子を苦しめれば気が済むのじゃ」

惣之丞はしばし黙してから、むくりと起き上がった。

「説教ばっかで飽きちまった。もう木挽町に戻るよ」

「待ちなさい。また瑠璃に何かする気なのか？　お前さんは昔から瑠璃を手ひどく苛めておったな。なぜあの子をそこまで嫌う」

縁側から立ち上がった惣之丞は曇天を仰いでいた。何事か思い巡らすように暗い目つきで、空を覆う雲を眺める。

やがて惣之丞は、安徳を見返った。

「あの女が、俺の大事なものを奪ったからだよ」

惣之丞の目の下にはうっすら、くまができていた。

草履を滑らせながら、惣之丞は慈鏡寺を出ていく。歯がゆい思いに襲われながらも、安徳はここでも、見守ることしかできなかった。

老和尚ただ一人が残った慈鏡寺に、初雪が落ち始めた。

安徳はふさがった気分で畑を見やる。

畑の隅に植えられた木には、椿の花が二輪、赤々と咲き誇っていた。

三

「ほら見てこの子、むずかってる顔が可愛いったら」

「さっきまで笑ってたのに、お腹が空いたのかねえ。ああ泣かないで、ねっ」

仮宅の広間に、黒羽屋の遊女たち数人が集まっていた。内の一人はぎこちない様子で赤子を抱いている。泣き始めた赤子に、遊女たちは皆どうしていいかわからず右往左往した。

吉原の遊女は時折こうして、近所から赤子や幼子を借りてきてあやしたり、一緒に遊んだりする。よく笑う子がいい、お喋りな子がいい、などと注文をつけて、昼見世前の一時を和やかに過ごすのだ。

体を売る商(あきな)いである以上、妓たちは自分の子を持つことができない。行き場のない母性を慰めているのだろうか、赤子を見る遊女たちの瞳は、どこか寂しげな慈愛に満ちていた。

廊下に立ち止まった瑠璃が、遊女たちの和気あいあいとした雰囲気をぼんやり見つめる。だが輪に入ることはせず、しばらくしてから黙ってその場を立ち去った。

手ぬぐいと糠袋を携え、仮宅を出る。近くにある湯屋へ向かうためだ。唯一の友人、夕辻(ゆうつじ)

を誘ってもよかったのだが、今日は一人で歩きたい気分だった。

寒さはますます厳しさを増していた。外気に触れた指先がしびれるようで、瑠璃は手に白い息を吐きかけ、擦りあわせる。

物思いにふけりながら歩いていると、ふと、見覚えのある顔が目に留まった。

「あっ……あの、もし」

瑠璃はその人物を呼び止めた。

「あら、あなたは、瑠璃花魁？」

「はい。瀬川さんもお出かけでござんすか？」

四君子の最後の生き残り、瀬川だった。笹蔓を施した派手な紅鶸色の小袖が、道行く者の目を引いていた。

瀬川は中見世「松葉屋」で花魁を務める女だ。通人たちには「四君子が蘭」の別称でも呼ばれている。

件の火事で、松葉屋も妓楼を焼かれてしまった。深川に設置された仮宅は、折しも黒羽屋の隣であった。

いきなり他店の花魁である瑠璃に声をかけられ、瀬川は怪訝そうにしている。

「ええと、こうしてちゃんとお話しするのは初めてでござんすね。ご機嫌いかが？」

瑠璃はつとめて愛想のいい笑顔を作ってみせた。遊女たちと接するのは相変わらず苦手

いた。

「まさか天下の花魁に声をかけてもらえるなんて、仮宅も捨てたものじゃないわね」

瑠璃の予想に反して、瀬川はにっこり微笑んだ。

遊女はおしなべて自尊心が高く、人気を博す瑠璃をよく思わない者が多い。が、どうやら瀬川は少し違うようだ。

親しみやすい空気を感じ取り、瑠璃は内心で胸を撫で下ろしていた。

「あなた、わっちに用があるんでしょう。わかるのよ」

瀬川はすべてを見抜くような目をして言った。口元には含みのある笑みをたたえている。

安心したのも束の間、瑠璃はぎくりと身を硬くした。

瑠璃が瀬川に話しかけたのは、惣之丞のことをそれとなく探るためだった。四君子を狙う惣之丞は瀬川にも接触しているはずだ。最後の四君子となった瀬川をも、生き鬼にしようと画策しているに違いない。ならば今度こそ先手を打って、瀬川を守らねばならないと考えていた。

ところが瀬川の微笑を前に、瑠璃の胸中には疑念が浮かんでいた。

――わっちの用件をわかっているだと？　さてはこの女、惣之丞と共謀か。

容姿端麗、天下の女形と評される惣之丞なら、妓を籠絡するのも容易いだろう。狛犬を密偵として送りこんで来たいつぞやのように、新たな手先として瀬川を利用しているのではないか。

なれば正面を切って問い質した方が早いと、瑠璃は作戦を変更することにした。

「はい、実は瀬川さんにお尋ねしたいことがあるんです。椿座の歌舞伎役者、惣之丞をご存知ですよね」

「惣之丞さま？　ええ、知っているも何も、贔屓にしてもらっていたわ」

やっぱり、と瑠璃は表情を引き締めた。

「……で、それが何か？」

「へっ？」

思いがけぬ質問返しに、瑠璃はつい素っ頓狂な声を出してしまった。一方の瀬川はきょとんと首をひねっている。

「いや、今わっちの用がわかっているとおっしゃいましたよね。だからお尋ねしたんですが」

「えぇっ、用ってそんなことなの？　なあんだ、じゃあわっちの読み違いね」

瀬川はつまらなそうに言って、踊るように踵を返した。そのまま鼻歌まじりに去っていこうとする。

「い、いやいや、ちょっと待って。話はこれからなんですけどっ」

瑠璃は慌てて瀬川の袖をつかむ。

「あ、そっか。ごめんなさいねえ、惣之丞さま？　が何だっけ？」

にこにこと朗らかに笑う瀬川を見て、瑠璃は大いに脱力していた。

瀬川には、本人にしか理解できぬ間合いというものがあるのかもしれない。雛鶴もかつて瀬川のことを「変わっている」と述べていた。この短い時間で、瑠璃は雛鶴が言っていた意味に得心がいっていた。

咳払いを一つして、瀬川に面と向かう。

「惣之丞……さまは、何か変なことを言ったり、他のお客とは違う様子だったり、そんなことはありませんでしたか」

「瑠璃花魁って惣之丞さま贔屓なのね。わっちは惣右助派だったのよ。急逝されたと知った時は本当に落ちこんだわ」

話が思うように進まず、瑠璃は苦虫を嚙みつぶしたような顔になった。ちなみに惣右助とは、惣右衛門が瑠璃に与えた役者名である。

「惣之丞さまのことは、そうねえ。よくわかんない」

「わかんないって何っ」

瑠璃は思わず声を大きくした。つかみどころのない瀬川と話しているうちに、花魁としての振る舞いはどこかに行ってしまった。

「だって惣之丞さまって、顔はものすごく整ってるし素敵な殿方だとは思うけど、わっちの好みじゃないんだもの。わっちはもっと筋骨隆々とした、逞しい殿方がいいの」

「惣右助も逞しいとは違う気がしますけど……珍しいですね、惣之丞さまのことをそんな風に言う女子は初めて見ましたよ」

惣之丞が聞いたらさぞかし悔しがるだろう。瑠璃は少しばかり胸がすく思いがした。

「それに惣之丞さま、もうずっと松葉屋に来ていないわよ。冷たくしすぎちゃったかしらん」

瀬川は悩ましげに手を頰に当てている。

惣之丞が瀬川を諦めた理由は、探らずともわかった。瀬川のような女の心を闇に誘うのは、骨が折れるばかりで時間の無駄であろう。おまけに瀬川は、惣之丞を眼中にも入れていなかった。

「はは、いいと思いますよ。それが花魁の意気地ってモンでしょう」

苦笑いで返した瑠璃は、一方で、懸念が一つ消えて肩の荷が軽くなる心持ちがしていた。

「そういえばさっき言ってた〝読み違い〟って、あれは何だったんですか？」

「ああ、占いをしてほしいのかなと思ったのよ。何だか悩んでるように見えたから」

「占い？」

ふふん、と瀬川はしたりげに目を細めた。

「そう、わっちは易学が得意なの。先代の瀬川に教わってね、よく当たるってお客にも評判なのよ」

言われてみれば、瀬川の易学に関する噂を瑠璃も耳にしたことがあった。遊客の中には吉凶を見てもらうためだけに、足繁く松葉屋に通う者もいるほどだ。中見世の遊女であり、客に媚を売らずなおざりにしてしまう瀬川が四君子と称えられる理由は、ここにもあった。

「せっかくの機会だから、あなたの運勢も見てあげるわね」

「いえ、わっちはそういうのは結構で……」

やんわり断ろうとした瑠璃だったが、瀬川は無視して瑠璃の手を取った。

どうせ言っても聞かないだろうと、諦めて掌を委ねる。瀬川は瑠璃の手相を見て目を丸くしていた。

「あらあ珍しい、こんな手相してる人は見たことないわ」

「厳密に言うと人じゃないですしね」

瀬川が話を聞かないのをいいことに、瑠璃はぼそりと真実をこぼした。

「とっても強運だけど、とっても複雑な運命ね。因果の柵が何重にも重なっている……ちょっと待って、もう少し詳しく見たいから」

言うと、瀬川は懐から本を取り出した。占術に用いる本らしく、小さいがやけに分厚い。いつも携帯しているのかと呆れた瑠璃だったが、あえて突っこむことはしなかった。

「ふむふむ、なるほど。これはちょっと、大変よ」

「何ですか」

すでに用件が終わっていた瑠璃は投げやりに相槌を打つ。パタン、と易本を閉じた瀬川は、反対に真面目な顔つきになっていた。

「あなたたちの大事なものと、地獄で再会することになるでしょう」

「はあ?」

瑠璃は眉根を寄せた。

「そう、読み取れたのよ。まあ色々と気をつけて。それじゃわっち、もう行かないとだから」

「えぇ……」

瀬川はまたねえ、と手を振り振り、さっさと松葉屋へ帰っていってしまった。

頼んでもいないのに不吉な結果だけ残されることになり、瑠璃の口からは不満とも疲弊とも取れる奇妙な声が漏れた。

「まるで嵐みてえな女だな。ていうかわっちを占ってるのに〝あなたたち〟って何だよ」

ただ瑠璃には一つ、気になることがあった。

「地獄、か」

雛鶴が放火をする発端になったのは、伝次郎(でんじろう)という客の存在だった。そして惣之丞は「伝

○7○

次郎をわざと雛鶴に差し向けた」旨の発言をしていた。

「地獄」とは、悪行をなした者が死後に罰を受けるところ、のみではない。江戸で幅を利かせる、売春形態の一つを指すこともあるのだ。吉原とも岡場所とも異なり、地獄では訪れる客の好みにあわせて素人女を派遣する。伝次郎はとある地獄の常連だったということが、すでに明らかになっていた。

惣之丞は、地獄で伝次郎と知りあったのではないだろうか。だとすれば伝次郎が通っていた地獄が、惣之丞を探る糸口となりうるだろう。

瑠璃は中空を睨むと、意気ごんだように大股で歩きだした。

采女が原は武士が乗馬の稽古をする馬場の他、講釈や浄瑠璃の小屋などが所狭しと並ぶ地だ。堀の向こうには西本願寺の巨大な伽藍が見える。ただ、賑々しいのは昼間の話。夜は人の気配が失せた、うら寂しい場所だった。

黒雲の五人は新たな任務を受け、この地に足を運んできた。

確執が生まれて以降、瑠璃はお喜久と廓内で目すらあわせていなかった。口数が少なくとも味方であると認識していたお内儀に、梯子を外された気分にさせられたのは今も変わらない。だが任務は別である。

鬼退治は瑠璃にしかできぬ、言うなれば使命だ。私情を挟んで為すべきことを放り出すのは瑠璃の矜持に反する。お喜久に指示を出されることに思うところがないわけではないが、任務であるからと頭を切り替えていた。退治の委細は、男衆を通じて聞くのみだったが。

「見ろ。提灯小僧だ」

五人が歩く道、葉が落ちた裸木が並び立つ向こうには、ぼんやりとした影が童の形をなしていた。

死人が出た場所に現れる提灯小僧。瑠璃たちもこれまでの任務で、何度か遭遇したことのある妖である。

童が持つ提灯には、赤黒い灯りがぼう、とともっている。

「ここで間違いなさそうですね」

錠吉はすでに黒い錫杖をかまえていた。横で権三も長大な金剛杵を握り締める。

「豊、栄、結界を」

「はい」

豊二郎と栄二郎が手にしていた黒扇子を開く。経文を唱え始めてからしばらくして、瑠璃は違和感を覚え双子に目を向けた。

二人が唱える経文が、常とは違う文言に聞こえたのだ。

空中に白い光が満ちていく。と同時に、甲高い笑い声が辺りにこだました。

「あれが今回の鬼だな」

白い光に照らされた前方に、段々と鬼の輪郭（りんかく）が浮かび上がってくる。鬼は道の向こうから、ゆっくり五人のもとへと這ってきた。

「何だ、あの姿は」

権三が驚いたように声を上げる。

果たして瑠璃たちの前に現れたのは、赤子だった。

這い歩きしかできないようだが、体がやけに大きい。頭も通常の赤子より遥かに巨大で、膨れ上がっているようにも見えた。反対に目や口は小さく、落ち窪んでいる。眼窩（がんか）に広がる深い闇。額には黒く鋭い三寸ほどの角が、柔らかな肌を破るようにして突き出ていた。

「水子（みずこ）の鬼……」

流産や堕胎で産声を上げることなく死んだ胎児。産まれてすぐに夭折（ようせつ）した嬰児（みどりご）。そして健康に産まれてきたにもかかわらず、間引きのため殺された赤子。それらは総じて水子と呼ばれている。

江戸の風習では七つに満たぬ子を神の子、人になりきっていない存在と定義づけていた。死んでも仏になれない水子は葬送の方法も大人とは異なっており、床下に埋められるだけで終（しま）いにされることも多い。

「大人の勝手な事情で雑に命を扱われた水子が、鬼となって浮世に復讐する。当然の結果だ

ろうな」

生きることを認められなかった子らを思うと、瑠璃の気は滅入った。

水子が提灯小僧の前を通り過ぎる。と思いきや、通りざまに身を傾け、腕を高々と振り上げた。

小さかった左腕が見る間に黒く、太く、人一人ほどの大きさまで膨れ上がる。水子は提灯小僧めがけ、肥大（ひだい）した左腕を振り下ろした。

「あっ」

腕が当たるかと思われた瞬間、提灯小僧の姿はふっと掻き消えた。標的を失った左腕が小僧の背後にあった枯れ木をなぎ倒す。ずん、と木の倒れる音が、振動とともに地面に伝わった。

水子は這い歩きを止めた。提灯小僧が佇んでいた場所を細い眼窩が見つめる。やがて水子は、瑠璃たちの存在にようやっと気づいたかのように顔を向けた。

「お前ら、結界は張れたか？」

双子はちょうど経文を唱え終わったところだった。空中には今や巨大な注連縄（しめなわ）が浮かんでいる。

「何だ？　妙だぞ、紙垂（しで）の形が定まってない」

いつものように上空を確認した瑠璃は、注連縄の様相に目を瞠（みは）った。

縄から垂れ下がる白い紙垂が、さらに長さを増し、地面へと伸びていくのだ。まるで注連縄から幾筋もの稲妻（いなづま）が落ちているかのようだ。稲妻は一筋、そして一筋と地に突き刺さっていった。

注連縄の結界は、辺り一帯を囲む巨大な檻と化した。

「やった、成功だ」

双子が歓喜の声を上げる。

「おい栄、何なんだあの檻は？」

「新しい結界だよ。実はこっそり練習してたんだ」

瑠璃は眉間に皺を寄せた。双子が新たな修行に取り組んでいたことなど、少しも聞かされていなかったからである。

新しい結界は双子にとって大変な気力を使うものらしく、二人とも息を弾ませていた。

「練習って、お前ら二人でできることじゃねえだろ」

瑠璃は四方を囲む檻を見まわし、双子をきっと睨む。檻は注連縄の結界よりも一層、厳然とした気を放っていた。二人の修行の成果には違いないのだが、秘密にされていた瑠璃にとっては手放しで喜べることではなかった。

「頭（かしら）、あの鬼にも結界が効いているみたいですよ」

権三に言われ、瑠璃は水子へ視線を転じた。

水子は、檻が放つ気を厭うように頭を振っていた。不機嫌なうなり声を漏らす。次第に水子の右腕が、左と同様にぼこぼこと膨らみ始めた。

「話は後だ、結界で弱らせることができりゃこっちのモン。押さえこみ頼んだぞ、錠さん、権さん」

瑠璃は腰に差した飛雷を引き抜いた。妖刀の黒い刃が、結界の白い光に照らされぎらりと光る。

水子は膨れた両腕を地に叩きつけるようにして、恐るべき速度で迫り寄ってきた。左腕が五人を潰さんと勢いよく振り上げられる。と、錠吉が一歩前に進み出た。

水子の腕と錫杖が激しく衝突する。肥大した腕は相当な重量になっているだろう。しかし錠吉は、それをたった一人で受け止めていた。

錠吉の横を通り越す権三。隙だらけになった水子の懐へ素早くもぐりこむと、金剛杵をぶんと振って強烈な打撃を胸に食らわせる。

身を傾けていた水子はいとも簡単に吹き飛ばされた。

「何か、二人まで……」

瑠璃は今や眉間に八の字を刻んでいた。

より俊敏(しゅんびん)に、より力強く。錠吉と権三の動きは、今までとは明らかに異なっていた。

水子は自らの重い腕を支えきれず、仰向けになった亀のごとく地面でばたついていた。赤

子の愚図る声が幾重にも重なって聞こえる。動く度に頭や腹、さらには脚までもが肥大していく。

全身の大きさに調和が取れたところで、水子は起き上がった。手足をぐぐ、と地に押しつけ、背を丸める。飛蝗のごとく宙を滑り、再び五人に躍りかかる。

錠吉と権三も水子を迎え撃たんと駆けだす。法具で頭を、胴体を打擲する。水子は奇声を上げながら腕を振るう。鈍重な動きで打撃をかわそうとするが、両側から飛んでくる攻撃をよけきれない。

錠吉が錫杖の先端で鋭い突きを繰り出す。鳩尾に命中し、ひるんだ水子はわずかに後ずさった。

「権、あれをやるぞ」

「応っ」

錠吉と権三は法具を肩にかけ、両手で印を組み始めた。

《オン　マユラギ　ランティ　ソワカ》

不可思議な真言を唱えると、錫杖と金剛杵に刻まれた梵字が金色の光を放った。

「何あれ、おいらたちが強化する時は白い光なのに」

栄二郎は舌を巻いた。豊二郎も口を半開きにしている。これまで双子は経文による法具の強化を任されていた。が、どうやら他に強化の方法があったことも、それを二人が会得して

いたことも知らされていなかったようだ。

水子がよろめきながら体勢を整える。錠吉と権三は金に光る法具を水子に向けた。

痛みに狂乱し、すさまじい速度で這い寄ってくる水子。二人は法具をまわして互いに交差させ、膨れた水子の頭部に叩きつけた。

梵字が、目が眩まんばかりの光を放つ。水子はおぞましい叫び声を上げた。頭部から黒い血が噴き出す。

「嘘だろ、めちゃめちゃ効いてるじゃねえか」

鬼の皮膚をこれほど裂くことができたのは、未だかつて瑠璃だけであった。瑠璃は呆気に取られて二人と鬼の戦闘を眺めていた。

「よし錠、このまま押して……」

二人が勝機を確信した時。

突如、檻の結界が砕け散った。

「しまった」

双子の結界は不完全だったのだ。結界の白い光がたちまち消え失せ、夜闇が落ちてくる。

水子はニヤ、と不気味な笑みを浮かべた。

次の瞬間、水子の頭がさらに膨れ上がり、小さかった口が耳に向かって裂けていく。

辺りの空気すべてを飲みこまんばかりに口を開ける水子。錠吉と権三は危険を察し、咄嗟

に飛びのいた。

水子は甲高い鬼哭を発した。黒雲の五人が一斉に耳をふさぐ。しかし結界が消えてしまった今、鬼哭は五人の心身を直に蝕んでいた。

――イイ、ア、ガ、ギイイイ。

水子の鬼哭には言葉がなかった。言葉も、親の愛情も知らぬまま死んだ幼子たちの叫び。そこにはただ鬱屈とした恨み、憎しみの念が、波動となって波打っていた。

双子が重い鬼哭に耐えかね倒れる。

「お前ら、しっかりしろっ」

瑠璃は屈みこんで双子の体をゆすった。しかし、まともに鬼哭の邪気に触れた双子は軽いひきつけを起こしていた。目の焦点が定まらず、視線が空中を漂う。

「鬼哭に呑みこまれたら終いだ、わっちの声だけ聞いて……」

「頭、後ろっ」

錠吉の叫ぶ声。瑠璃は振り返った。

知らぬ間に、水子がすぐそばまで迫ってきていた。あぶくのように膨れた体は四つん這いにもかかわらず、今や瑠璃の背丈よりも大きくなっている。

瑠璃は歯噛みして飛雷をかまえた。猛進してくる水子に向かい、横一線に飛雷を振る。

だが水子は、刃が当たる寸前で頭をぐんとそらせた。勢いをつけると、瑠璃に狙いを定め

猛烈な頭突きを繰り出してきた。

「うあっ」

予測できぬ動きに、瑠璃は防御するのがやっとだった。妖刀ごと後方に弾かれる。倒れている双子を越え、地面に身を打ちつける。

転がりながら頭を起こした瑠璃は、水子が双子を見下ろし、膨れ上がった左腕を振りかざすのを、目に留めた。

「く……」

刹那(せつな)、二つの円盤が、宙に弧(こ)を描いた。

円盤は背後から高速で水子に接近すると、振り上げられた左腕に命中した。水子の腕が付け根からちぎれ、地に沈む。赤子の金切り声が激しく空気を震わせた。

「これは一体」

瑠璃は事態を呑みこめず、ひたすら円盤の動きを目で追った。

宙を飛んでいた円盤が弧を描きながら向きを変え、水子へと再び迫る。体の向きを変えようとする水子。しかし二つの円盤は水子の右腕を貫き、さらには胴体をも突き破った。

円盤は風を切って夜闇を滑空する。向かった先にいたのは、錠吉と権三。二人は円盤をそれぞれ、慣れた手つきでつかみ取った。

水子の腹から黒い血が噴き出る。叫喚が細く、弱く、薄れていく。ややあって、水子の胴体は泡のように破裂した。肉片が地面に散らばる。頭部がゴロンと地に落ちる。瑠璃の方を向く顔からは、薄ら笑みが消えていた。

徐々に水子の肉片は、黒い砂山に変わっていった。

「何が、起きた？」

瑠璃は肩を上下させつつ声を漏らした。双子も喘ぎながら半身を起こす。

「豊、栄、もう大丈夫だ。怪我はないか」

駆け寄ってきた権三が双子の無傷を確かめる。双子は困惑した顔つきで頷いた。

「さあ、頭も立てますか」

錠吉が瑠璃のそばまで来て手を差し伸べる。手を取り立ち上がった瑠璃は、錠吉の顔を穴が開くほど見つめた。

「説明してくれ、今のは何だったんだ」

錠吉は権三と視線を交わした。

「驚かせてしまいすみません。俺たちも修行をしていたんですよ、慈鏡寺で」

「あ、あのぼんくら坊主のもとでか？」

「ぼんくらは言いすぎですよ。仮にも俺のお師匠なんですから……安徳さまは真言密教の中でも高位の僧侶。振る舞いは確かに、そうは見えないでしょうが」

錠吉と権三が最近、若い衆の仕事である付け馬と称して見世を空けていたのは、修行のためだったのだ。参詣者に見せることはないが、慈鏡寺の本堂には地下に棒術の稽古場があり、そこで鍛錬を積んだのだと錠吉は説明した。

なおも唖然としている瑠璃と双子に、権三は先ほど鬼に止めを刺した道具を示した。

黒塗りの飛び道具は五寸半ほどの大きさだった。車輪に似た形をして、八方に鋒端が突き出ている。

「これは輪宝という法具で、魔を打ち破る力があるんだとか。安徳さまに授けていただいたんですが、あの方、昔はすごかったそうですよ。なあ錠？」

錫杖と金剛杵も元々、密教で用いられる法具であった。空海上人が唐よりもたらした真言密教は加持祈禱に止まらず、武術としての一面も強い。ゆえにお喜久はこの二つの法具を戦闘に特化した形にして、錠吉と権三に渡していた。

奇しくも慈鏡寺は真言密教の流派である。安徳は今でこそ生臭だが、その実、教えに則り厳しい修行を乗り越えた高僧でもあった。「徳の高いお坊さん」と自負していたのは法螺ではなかったのだ。ただ、どうやら堅苦しい規律に縛られるのは嫌だと、あえて今戸の小さな古寺に身を落ち着けたらしい。

「そういや父さまも、安徳さまから瞑想法を教わったって言ってたっけな」

瑠璃がかつて義父に教わり、精神統一のために今も思い出す「黒の波紋」。これも元は安徳から惣右衛門へと伝えられたものだった。そう考えると、なるほど老和尚は修行の指南役

として最適であろう。

「あのつるっぱげ、結構やるじゃん」

瑠璃は呆れ半分、感心が半分で笑った。

「けど何で修行してるって正直に言ってくれなかったんだよ。付け馬だなんて嘘ついてさ」

ふてくされる頭領に、権三が空笑いで頭を掻いた。

「申し訳ない。しっかり力をつけるまでは、心配させてしまうだけだろうと思って」

よく見ると、権三の腕には生傷が多い。錠吉の胸元には火事で負った火傷の痕に加え、打撲の青あざがあった。二人の修行がいかに厳烈だったかを示す証だ。

「俺たちだって、いつまでもあなたに守られて満足しているわけにはいかない。護衛役という職務を全(まっと)うせねば、何のためにあなたのおそばにいるかわかりませんから。鳩飼いという強敵が現れた以上は、なおさらです」

錠吉はいつにもまして凜々しく、真剣な眼差しをしていた。

二人が鬼を打ち破るだけの力を得るに至ったのは、体を鍛えたからのみではない。これまでにも瑠璃に危険が迫った際、法具で鬼の皮膚を裂くことができていた。それは「守る」という思いの強さが為せる業。二人に力を与えたのは、彼らが抱いていた信念そのものだったのである。

「……そうか」

錠吉も権三も、いずれ来る鳩飼いとの戦いに備えているのだ。瑠璃は仲間の存在をより一層、心強く感じていた。双子に関しても同様である。

豊二郎と栄二郎は黒扇子をひしと握り締めていた。瑠璃は黙って双子の頭に手を添える。新しい結界が失敗に終わったことを二人が口惜しく思っているのは、言われずとも伝わっていた。

二人の修行について意見したいことはあったが、今はやめておこう。そう心の中で独り言ちた。

「それにしてもあの水子、一体じゃありませんでしたよね。複数の水子が融合していたように見えました」

権三が黒砂となり消えつつある水子の残骸を見て、考えこむように言った。

「江戸中の水子が集まって一体の鬼になったのかもしれない。同じ恨みを持った者同士で、共鳴しあったのか……」

鬼は通常、単体で現れる。しかし昨今、生者や妖、犬など、何かと融合して力を増した、新型の鬼が出現するようになっていた。

同じく思案を巡らせていた瑠璃は、水子の悲痛な鬼哭を思い出してかぶりを振った。

「とにかく任務は終わりだ、早いとこ戻ろう。夜明け前までに済ませなきゃならんことがあるしな」

言って男衆に視線を送ると、深川への帰路に向かって踵を返した。

黒羽屋の仮宅に戻ってきた時には、すでに大引けを越えていた。

黒の着流しから袷姿に着替えた瑠璃は、畳の上に胡坐をかいた。

「炎、ひまりは？」

「他の座敷を手伝えと、お勢以が連れていったぞ」

元は津笠という遊女についていた禿、ひまり。津笠の死後、感情を失ってしまったようで、固く口を閉ざしてしまっていた。喋らず、笑わず、泣きもしない禿に黒羽屋の遊女は皆、匙を投げた。瑠璃とともに津笠と懇意にしていた夕辻でも、ひまりの心を開くことはできなかった。

津笠は瑠璃の親友だった。しかし間夫に裏切られ、恨みと哀しみを捨てきれず鬼になってしまった。退治したのは瑠璃である。

罪悪感に苛まれる日々を送っていた瑠璃だったが、いつまでも過去に囚われてはいられない。亡き朋輩、そして自らへのけじめとして、津笠が大切にしていたひまりの姉女郎となるべく、名乗りを上げたのだった。

ひまりが自分の目の届かないところにいるのは心配だったが、今は部屋を出ていてくれた

方が都合がよい。瑠璃は小さく吐息をついた。

「ねぇ炎、この近くにうまい魚料理を出す店を見つけたんですよ。アタシと一緒に行きませんか？　もう変化をする必要もなさそうですしぃ」

部屋には炎の他に白い猫又、白が悠々と寛いでいた。青と緑の瞳を閉じ、器用に顔を洗っている。

変化を得意とする白は、これまで道中を務める禿、頻繁に外出する瑠璃の影武者として、度々こき使われてきた。変化を強いられる頻度が減ったため、瑠璃が禿を取ったことを白は誰よりも喜んでいた。

「おこぼれを漁りにか？　この寒さでは気乗りせんが」

言いつつ炎は立ち上がっている。

二匹の猫は談笑をしながら、颯爽と真夜中の深川へ繰り出していった。

猫又に遠まわしの嫌味を言われて鼻白んでいた瑠璃は、ようやく気を取りなおした。

「じゃあ錠さん、権さん、報告を頼む」

瑠璃の部屋にはすでに男衆が輪になっていた。

黒雲の五人が額を突きあわせる。

「はい。伝次郎が通っていた地獄、やっと探し当てましたよ」

「本当か、どこにあるんだ」

伝次郎と惣之丞の繋がりを探れるであろう、地獄。瀬川の占いを受けて地獄の存在が引っかかっていた瑠璃は、錠吉と権三に調査を頼んでいたのである。

　これで惣之丞の行動をつかめるやもと、瑠璃は息巻いた。

「〝吾嬬の森〟の近くにあるんですが、一軒家をまるまる地獄にしていました。古い家屋ですけど、体裁は妓楼さながらでしたよ」

「そんな辺鄙なところに？　あの辺って確か、何もないだろ」

　吾嬬の森といえば、吾嬬権現社の境内だ。江戸の北東、向島の外れに位置し、樹木が鬱蒼としていることから森と呼ばれている。周囲は田地が広がる、まさに田舎であった。

　地獄は商家や小料理屋の二階を間借りすることが多い。もっと栄えた地にあるのだと思っていた瑠璃は、眉をひそめた。

「そう、人気のない寂しいところですよ。ですがそれでも、一部の男たちには非常に好評のようで」

「一部の？」

　双子が首を傾げる。権三は双子をちらと横目で見て、なぜか語気を弱めた。

「お前たちは、あまり聞かない方がいいかもしれん。ちと刺激が強すぎる気がする」

「女が小遣い稼ぎで体を売ってるからか？　何を今さら、こいつらだって廓で育ってるんだから平気だろ」

瑠璃は言って、双子に視線をやる。大丈夫だよ、と双子も勇ましげに胸をそらした。

だが権三は、やはり口にするのを躊躇っているようだった。

代わりに口を開いたのは錠吉だった。

「その地獄、他とは趣向がかなり異なっていまして。そこが売りにしていたのは〝冷たい女〟でした」

錠吉たちが聞き及んだところによると、かの地獄にいる女たちは皆、顔を大きな頭巾で隠しているそうだ。客との情事の際も頭巾を取らず、男たちの為すがまま、ただ黙して横たわっているだけらしい。あたかも俎板の鯉であるかのように。

ものを言わず、動きもしない女。彼女たちの体は、異様に冷たいようだと錠吉は言った。

「噂では死体じゃないかとも。客は地獄を経営する者から、決して頭巾は取るなと言われていたそうなので、本当かは調べがつきませんでしたが」

「おいおい、死姦を売りにしてるってのか？」

瑠璃は頰を引きつらせていた。

権三が双子に聞かせたくない理由はこれだったのだ。案の定、双子の顔は土気色に変わっていた。

男の欲望というのは千差万別であり、死体と睦みあうという、聞くにおぞましい行為を好む性癖の者も存在する。死姦を題材にした浮世絵も世に出まわっていて、地獄で商

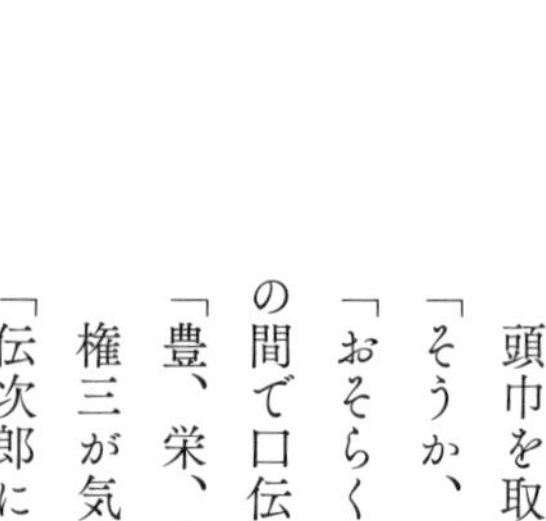

売にする悪漢が現れてもおかしくはない。

頭巾を取るなと言われ客が納得するのも、覆われた顔を見て欲情するからなのであろう。

「そうか、だから田舎でやっているんだな」

「おそらくは。そのような趣向を好むなど、とても人には言えないでしょうしね。同好の士の間で口伝えに広がり、かなり儲かっているようでしたよ」

「豊、栄、大丈夫か？」

権三が気遣わしげに双子へ声をかける。双子はぎこちない様子で頷いていた。

「伝次郎にそんな趣味があったとはな。薄気味悪い爺だとは思っていたが、それ以上だよ」

瑠璃は、かつて自分の客でもあった伝次郎のにやけ顔を思い起こした。あのねっとりとした口ぶりを思えば、常人とは異なる嗜好があったとしても妙に納得がいく。

「じゃ、じゃあ、惣之丞もその地獄の常連だったのか？」

豊二郎が何とか平静を装って尋ねる。

浮かんで当然の疑問だが、問われた錠吉と権三は、一段と表情を曇らせた。

「何日か地獄を張ってみたんです。客が訪れるといつもは決まって童子が一人、客の応対をしているようでした。でも、ある日は違っていた」

その日は童子の他にもう一人、男が応対に現れたそうだ。

「そいつは白頭巾を被った長身の男でした。客に挨拶をしに来ていたのでしょう。なぜその

日だけ現れたのかは定かではありませんが……きっとあれは、地獄の元締めです」

「白頭巾の、男」

瑠璃はある考えに思い至り、声を詰まらせた。瑠璃の様子を悟った権三が静かに首を縦に振る。

「俺たちは男の足首に、鳩の入れ墨を見ました。あの地獄の元締めこそが、惣之丞だったんです」

「何てことだよ……」

瑠璃は沈痛な面持ちでうめき声を漏らした。

伝次郎と惣之丞の関係は、同じ地獄の常連同士だとばかり思っていた。だが実際は、客と主の間柄だったのだ。惣之丞は役者を務める傍らで、冷たい女を売りに地獄を経営していたのである。

「そうか、だから吾嬬の森近くに地獄を。あそこは法性寺が近い。昔、父さまと惣之丞と三人で、何度も祈願に行かされたよ」

吾嬬の森から少し離れたところに法性寺という寺がある。初代の中村仲蔵が願をかけて名優になったことに端を発し、歌舞伎役者の信者が多かった。

引きこもりだった当時の瑠璃も、そして惣之丞も、惣右衛門に引きずられるようにして法性寺に赴いていた。惣之丞にとっては縁のある地ということだ。

瑠璃は思わず頭を抱えていた。想像を遥かに超えた義兄の非道ぶりに、こめかみがずきずきと痛んだ。

「ねえ、冷たい女って、もしかしてさ」

栄二郎が言いかけて、口を濁す。

五人はこの時、いずれも同じ答えに辿り着いていた。

「傀儡だ。あの下衆野郎、自分が傀儡にした鬼たちを商売道具にしているんだ」

瑠璃が重苦しく栄二郎の言葉を引き取った。

「それ以外に考えられません。いつも客の応対をしているのは、あの柚月と呼ばれていた童子でしょう」

錠吉も権三も、煩悶に顔を歪ませていた。

「実は地獄について、もう一つ気になる噂を聞きました」

地獄は二階建てになっており、客たちは一階で女を取る。そこで客の何人かが、上階から恐ろしい女の悲鳴を聞いたというのだ。

「惣之丞が傀儡に、何かしらの呪術を施しているのかもな」

「どこまで真実味があるかは不明ですが、噂では悲鳴の主が、二十年ほど前に黒羽屋にいた新造じゃないか、といわれているんです」

「何？」

瑠璃は目を吊り上げた。

黒羽屋のような大見世の妓が、なぜ地獄にいるというのか。わけがわからず、瑠璃は首を横に振った。

「二十年前って、今の惣之丞は二十五かそこらだぞ？　そんな昔に遊女と関わりを持つなんて考えられない」

そうは言っても謎多き惣之丞のこと、絶対にありえないとも限らない。現に惣之丞が鳩飼いであったこと、地獄の経営をしていることも、これまで微塵も気づくことができなかった。

入り乱れる思考を抑え、瑠璃は決意を固めた。

「何にせよ、このまま地獄を放置するわけにゃいかねえ。黒羽屋の妓が関わっているかもと知ったらなおのことだ」

頭領の意思表示に、男衆も神妙な顔つきで同意した。

「そうおっしゃると思いました。ですが勇み足にならないようにしましょう。惣之丞が地獄に来なければ意味がない。もう少し監視を続けて、奴の動向を探らねば」

「年末から正月にかけては妓楼でやることも多い。表の仕事をしながら、慎重に策を練りましょうね」

瑠璃が暴走しがちなのをよく心得ている錠吉と権三は、穏やかな口調で釘を刺した。

年上の二人に考えを勘づかれていた瑠璃は、双子へ目をやる。

「そうだよ頭、まだ情報も少ないし、ね?」

「待てだぞ、瑠璃。待てっ」

「犬じゃねえんだわっちは」

年下の双子にまで忠言され、瑠璃は不満げに口を尖らせた。

四

年が明けた。

外は快晴、新年を寿ぐめでたい空気が、深川を闊歩する人々の心を浮かれさせる。

黒羽屋の仮宅には鷲神社の熊手や蓬莱盆、楪などが飾られ、独特の華やかさを醸し出している。中庭では寒さに負けず、禿や新造たちが羽根つきをして遊んでいた。近所の子らも参加しているのだろう、楽しげな声が廓内に響く。

年明けの元日は仕舞日といって、年に二回しかない妓楼の休業日である。遊女たちは気楽に帯を緩めて御節をつつき、取り留めのない世間話をしては、貴重な休みに羽を伸ばしている。

しかし瑠璃は、自室の炬燵に一人もぐり、一枚の紙と睨めっこをしていた。

「だあっ、わからん。書初めで書くことなんかねえっての」

唐突に叫んで、人がいないのをいいことに大きなくしゃみをした。書き損じの紙を拾い、荒々しく洟をかむ。

「寒いんだよこんちくしょうっ。この仮宅、古いから風が入ってくるんだよなあ。もうこれでいいや、ほいほいっと」

一人でぶつくさ言いながら筆を握ると、字を書き殴る。

「瑠璃、入るぜ」

筆を置いたと同時に、双子の兄、豊二郎が大きな重箱を抱えて部屋に入ってきた。

「よう豊、待ってたぞ。年末は煤払いに大掃除もさせられて、元旦になりゃ挨拶まわり、ろくに飯も食えなかったからな。御節だけが楽しみだったんだ」

瑠璃はほくほく顔で、炬燵の上に置かれた重箱を開く。

「ほほお？　こりゃまた、えらく豪華だな」

一の重には黒豆や結昆布、数の子、栗きんとんなど細々とした品が色鮮やかに盛りつけられていた。二の重には立派な鯛の塩焼き、三の重には酢の物、与の重には山の幸をふんだんに使った煮物が続いている。

常日頃は料理人として働く権三、権三のもとで見習いをする豊二郎が腕によりをかけた、逸品ぞろいであった。

「お前はどれを作ったのさ」

「一と二の重だよ。盛りつけも綺麗だろ」

豊二郎は得意げに鼻をこすった。

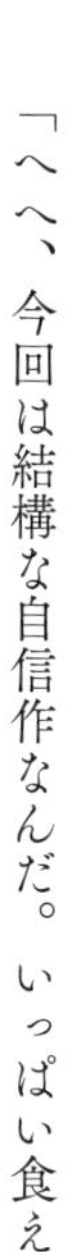

「へへ、今回は結構な自信作なんだ。いっぱい食えよ」

豊二郎が言い終わるが早いか、瑠璃は素手で伊達巻をつまむと口に放りこんだ。

「うっ……」

「だ、駄目か？　隠し味に少しだけ蜂蜜を加えてみたんだけど」

「うんまああっ」

空腹だった瑠璃は箸をひっつかむと、勢いよくおせちを食べ始めた。豊二郎はどうだと言わんばかりにふんぞり返っている。

「はい花魁、お雑煮も持ってきたよ」

双子の弟、栄二郎も部屋に入ってきた。手にする膳には大きな椀が載せられている。

「おお、やっぱ正月といったら餅だよなあ」

瑠璃はもごもごと口を動かしながら、椀にも手を伸ばした。

「待って。花魁ってば、口に卵がついてるよ？　ほら、取ったげる」

「ん？　ああ、悪いな」

栄二郎は瑠璃の唇についた食べかすをつまむと自らの口に含んだ。

仕事の内容上、花魁と若い衆には適切な棲み分けが必要だ。が、以前から栄二郎はやたら瑠璃との距離感が近かった。半人前ゆえだと思っていたのだが、それが日増しに大胆になってきている気がした。

「なあ瑠璃、栄の正月絵も見てやってくれよ。こいつまた腕を上げたんだぜ」

豊二郎は言うと、無遠慮に弟の懐へ手を突っこんだ。栄二郎は恥ずかしそうに嫌がっていたが、兄の強引さにはかなわない。

豊二郎は一枚の紙を探り当てると、炬燵の上に開いてみせた。

「これは、宝船か？」

七福神が勢ぞろいする宝船は、縁起担ぎの定番である。栄二郎の描いた宝船には、幸運をもたらす神々が豊かな財宝を手に、上品な微笑を浮かべている。七福神の紅一点、弁財天(べんざいてん)は、どことなく瑠璃に似ていた。

栄二郎には幼い頃から絵の才がある。誰かに師事しているわけではなく独学だが、能力は誰もが認めるものだった。

「大したモンだ。栄、これわっちにくれよ。部屋に飾るから」

「うん、もちろん……って花魁、これ何？」

栄二郎は炬燵の上にある書初めに目を留めていた。

「今年書く起請文(きしょうもん)は、すべて嘘って」

普段、客への文に添える起請文には約束を決して違えない、違えれば神の罰を甘んじて受けるという意味をこめ、「神々の御ばつうをかふむり」と書くのがお決まりだ。正しくは「御ばち」とすべきなのだが、書き損じていれば罰が当たらないだろうという、遊女ならではの屁理屈である。

「客への起請なんかぜえんぶ嘘っぱちなんだから、せめて正月くらいは本当のことを書いといた方がいいと思ってな」

さらりと言ってのけた花魁に双子は呆れ返っている。

「それよりお前ら、話があるからそこに座んな」

しばしの間を空けた後、瑠璃は箸を置いた。部屋の空気が一転してぴりりと張り詰める。

双子は互いに顔を見あわせた。そのうち、おずおずと畳の上に端坐する。何を言われるか悟っているのだろう、二人して首をすぼめていた。

「結界の修行、お内儀に手ほどきしてもらってるんだろ」

瑠璃の声色が変わったことにおびえつつも、栄二郎が口を切った。

「おいらたちの結界は、鳩飼いの〝辟邪(へきじゃ)の武(ぶ)〟に劣ってる」

栄二郎の表情には、いつもの頑是(がんぜ)ない笑みがなかった。

「このままじゃまた鳩飼いと衝突した時、泥の壁に閉じこめられちゃうでしょ、だから……」

「だからってあんな、隠し事ばかりのお内儀に教えを請うのか？」

栄二郎はぐっと言葉を呑んでいた。だが瑠璃の静かな怒りを感じ取ってもなお、面差しには固い決心が浮かんでいる。

今度は豊二郎が弟の援護をした。

「俺たち二人で決めたことなんだ。別に瑠璃を欺こうとかそんなんじゃない、むしろ逆だよ。檻の結界だけじゃなくて、鎖で鬼の動きを止める結界もあってさ。まだ一回も成功した試しがないけど、張れるようになったらきっと役に立つはずだ」

横で栄二郎がうんうんと同調する。

「黙ってたのは悪かった。でも、俺たちも何か行動したかったんだ。お内儀さん、確かに隠し事は多いけど、結界の修行にはちゃんとつきあってくれたよ」

肝心なことを秘してばかりのお喜久に、瑠璃は日ごと不信感を募らせていた。ただ、双子の気持ちがわからないわけではない。

瑠璃が惣之丞を探りたいと躍起になっているのと同じく、双子なりにできることを模索しているのだ。

二人は叱責が飛んでくると思ってか下を向いている。が、瑠璃は諦めたように嘆息した。

「わかったよ。確かに結界の強化は必要だろうしな。お前ら、やると決めたらしっかり気張れよ」

「……うんっ」

双子は顔を上げ、大きく頷いた。

二人の少年は、少し背が伸びていた。豊二郎はいつの間にか自らを「俺」と言うようにな

っている。栄二郎の人懐っこい笑顔は健在だが、どことなく雄々しい顔つきになったような気もする。

双子は成長を続けているのだ。瑠璃は嬉しい一方で寂しいような、感慨深い思いを抱いていた。

「お前たちの注連縄と辟邪の武は、作用する気の力が根本的に違う気がした」

しばらくして、瑠璃は独り言ちるように述べた。

注連縄から放たれるのは魔を弾く、神聖な光。ところが辟邪の武からは、鬼の怨念に近い邪気が感じられたのだ。

「おいらたちもそう思って、鳩飼いが残した白い矢をもう一度調べてみたんだ」

「矢を隅までなぞってたらよ、矢じりだけが妙にピリピリしててさ。それで気づいたんだ、これは人の骨じゃないか、って」

「骨？」

双子はお喜久に矢じりのことを尋ねたそうだ。するとお喜久は、辟邪の武はかつて姦巫が用いていた邪法だったと答えた。

栄二郎は口ごもりながら言葉を継いだ。

「辟邪の武に使う矢じりはね、鬼の骨でできてるんだって」

「何だと」

辟邪の武が礎としていたのは鬼の怨念であった。つまり惣之丞は、傀儡にした鬼たちから骨を採取していたことになる。

「いや、それがそうとも言いきれないらしくって」

瑠璃は嫌悪感をあらわにした。

「あの外道め、だから傀儡を集めていたのか？　矢じりを確保するために」

お喜久から聞いた話によると、矢じり要員となる鬼は一体で事足りるそうだ。そもそも傀儡師の戦闘において最も有用なのは生き鬼の呪いの目であり、鳩飼いが何ゆえ生き鬼でなく「ただの鬼」を集めているかは、わからないということだった。

「ただの鬼を傀儡にすると不完全だって、前に惣之丞もぬかしてたな。だから手間暇をかけて四君子たちを生き鬼にしたわけだし。なのに、わざわざ不完全な傀儡を作って集めてるのは……」

地獄女にするためだろうか。

瑠璃は腕組みをしてうなった。

「ねえ花魁、実は相談したいことがあるんだけど」

栄二郎はかしこまったように座りなおしている。

「おいらたちって、その、鬼から産まれたでしょ」

「どうした急に」

唐突に話題を変えられ、瑠璃は栄二郎の顔を訝(いぶか)しげに見た。

双子の母は、浄念河岸の端女郎だった。されど端女郎は双子を産むと同時に絶命し、鬼になってしまったのだとお喜久は言っていた。身寄りのない双子は黒羽屋に引き取られ、そうして今に至っている。

「楼主(おやじ)さまがさ、おいらたちのことを養子にしたいってまだ諦めてないの、知ってるよね」

「ああ、お内儀はそんなつもりもないみたいだけどな」

黒羽屋の楼主、幸兵衛(こうべえ)は、妻であるお喜久との間に子がいなかった。だからであろうか、普段から双子を特別に可愛がっていた。

「そのことでお内儀さんと話してるのを聞いたんだけど……」

何やらお喜久が、双子の母について詳しく知っているような口ぶりだったというのだ。

「何だって大見世のお内儀が、浄念河岸の端女郎と知りあいなんだよ。鬼になってから存在を知ったんじゃなかったのか？」

「わからない。後で聞いてみたけど、やっぱりあしらわれちゃったし」

「ちっ。あの唐変木(とうへんぼく)め、謎だらけかよ」

一体お喜久は、何に関する情報なら快く開示してくれるのだろう。秘密にするということは、黒雲の五人を信頼していないのと同じではないか。瑠璃があれだけ反発して異議を申し立てても、お喜久は五人への姿勢を改めようとすらしていない。

――お内儀にとってわっちらは、鬼退治のための駒でしかないってのか。

「くしっ」

と、部屋の隅で小さなくしゃみが聞こえた。栄二郎が悪態をつく瑠璃の後ろへ視線をやる。

座敷の隅には、洟を垂らした狸の信楽焼があった。

「お恋ちゃん、まだああしてるの？」

栄二郎は信楽焼を心配そうに見つめた。

この信楽焼は、付喪神であるお恋の真の姿である。

「ずっとあんな調子さ。よっぽどこまと馬があってたんだろうな」

お恋は狛犬のこまと、いつも一緒に遊んでいた。自分と同じ付喪神の存在が嬉しかったのであろう。ところが、こまは瑠璃を裏切り決別してしまった。以降、お恋はずっと意気消沈していたのだ。

相変わらず瑠璃の部屋を訪ねては来るものの、お恋は置物の姿になって沈黙するばかりであった。

「そういや長助も来てたんだけど、どこ行ったんだあいつ？　気づかないうちに帰ったのか……」

ボンッ。

その時、部屋に爆ぜるような音が鳴ったかと思うや、大きな五つの火の玉が現れた。

気を緩めていた瑠璃は反射的に身がまえた。

「……っ。まさか惣之丞の仕業か？　おいお前ら、結界を」

「ちょっと待て瑠璃、敵襲とは違うみたいだぞ」

三人が固唾を呑んで見守る中、五つの火の玉は徐々に輪郭を変えていった。尖った耳がぴんと立つ。ふさふさとした尻尾が生える。

「お稲荷、さん？」

豊二郎が驚いたように声を上げた。

さらに形を変えた火の玉は、赤い前掛けをした五体の狐となって、瑠璃たちの前に居並んでいた。

「大当たりぃっ」

一体の狐が急に叫んだので、瑠璃たちはびくっと身を震わせた。

「ほら玄徳、深川だったろう」

「吉原を出られると探しにくくて困らぁ」

「仮宅ってやっぱり狭いのね」

「何じゃこのうまそうな栗きんとんは」

「わあ、お供え？　いただきまあすっ」

一体の狐が御節に飛びついたのを皮切りに、他の狐たちも一斉に炬燵へと群がってくる。

瑠璃はたまらず炬燵から飛び出た。

きゃっきゃと騒ぐ狐たちに、双子も目を白黒させている。

「……ねえ、こいつら何なの？」

瑠璃はげんなりした顔で豊二郎に視線を送った。

「今のは多分、狐火だ。小さい頃に一回だけ見たことがある。吉原のお社（やしろ）に住む稲荷神（いなりのかみ）じゃねえかな」

吉原には玄徳、明石（あかし）、開運（かいうん）、榎本（えのもと）、九郎助（くろすけ）、と五つの稲荷社があり、小さな社にはめいめい稲荷神が祀（まつ）られている。

「そのとおりっ」

甘い栗きんとんを頬張りながら、狐たちは瑠璃を長細く吊り上がった目に留めた。

「おぬし、あの狛犬の主だろう？」

「狛犬って、もしかしてこまのことか？」

狐たちはコクコク頷いた。

「あいつ、いつも勝手においらたちの社に居座って」

「お供え物を奪いおってな」

「開運ったらもう、素直じゃないんだから」

「がはは、いなくなったのが寂しくて探してたくせに」

「あのねお稲荷さんたち、一気に喋らないで誰か代表して話してくれません？」

幼い頃から妖を見慣れている瑠璃にとって、稲荷神の出現にはそこまで驚きがなかった。勝手に御節を食べられ、迷惑とすら感じているくらいだ。

口々にまくし立てる稲荷神たちの話をまとめると、どうも社に入り浸るこまに迷惑していたが、いざいなくなってみると物寂しくなり、主と認識していた瑠璃を訪ねてきたらしかった。

「おいらたちは吉原を五芒星（ごぼうせい）の結界で守る守護神。吉原なら犬探しも簡単だけど、大門を出られると勝手が違うんだ。やっとここまで辿（たど）り着いたんだよ」

「あ、そう。わざわざ来てもらって悪いけど、わっちはこまの飼い主じゃないよ。あいつはもう、戻ってこない」

瑠璃はちらと信楽焼を見やった。お恋は信楽焼の姿のまま、ぷるぷると震えている。

そっけない返答を受けて、稲荷神たちは憤慨していた。

「何でっ。犬を飼うなら責任を持たないと、化けて出られるぞ」

「いやだからさあ……」

神も妖と同様、人の話を聞かず、ずれた言動をするものなのだろうか。稲荷神たちの騒ぐ声が大きいので、瑠璃は辟易し始めていた。

騒ぎを聞きつけて人が来ないか確かめるため、豊二郎が襖を薄く開き、廊下をうかがう。

「まずいぞ瑠璃、ひまりが来てるっ」

「げっ。お稲荷さんたち、もう帰ってくれ。ついでにこの信楽焼を持って、早くっ」

瑠璃は抵抗する狐たちの尻尾をつかむと、信楽焼を押しつけ、窓を開けて次々に外へ放り投げた。

「何をするのじゃ、我らは神ぞ?」

「わっちも龍神だっ。いいから頼む、もう行ってくれ。今度ちゃんと話を聞くから」

双子も恐る恐るといった様子で、暴れる稲荷神たちを追い立てる。

五体の稲荷神をすべて追い出し窓を閉めたところで、襖が開いた。

「お、おお、ひまり。紙問屋へのお遣いご苦労だったな」

瑠璃の妹女郎、ひまりは、散らかった部屋の有様を見て寸の間、立ち尽くした。しかし無言で部屋に踏み入ると、文に使う紙や床入りで使う御簾紙を文机の上に並べていく。

ひまりは十歳になっていた。肩までのおかっぱ頭に、小ぶりの鼻と口。桃色の衣裳がよく似合う、蕾のように可愛らしい顔立ちをしている。にもかかわらず、無愛想な瞳は相変わらずだった。

外で羽根つきをして戯れる禿たちを眺めて、ひまりはぼんやり佇んでいた。見かねた瑠璃が、紙問屋への遣いを頼んだのであった。

「ひまりが瑠璃つきの禿になってくれて助かったよ。雑用を押しつけられることが少なくなったしな」

笑って言う豊二郎を、瑠璃はぎろりと睨んだ。

禿を取ったはいいが、馴染みの妖たちを部屋に呼びづらくなってしまった。開かれる酒宴を心待ちにしている妖たちは不満そうだったが、彼らの姿を認識できぬ者の目には、瑠璃が一人で宴会をし、見えない何かに笑っている風に映ってしまう。いたずらに妹女郎をおびえさせてはいけないと、来るのを控えるよう妖たちに言い含めてあった。

瑠璃はいそいそと座布団を敷きつつ、ひまりに声をかけた。

「寒かったろう、炬燵に入んな。みたらし団子を買ってあるからお食べ？　きなこと餡子のもあるぞ」

できる限り優しく言ったつもりだったが、ひまりは目を泳がせている。面持ちは、瑠璃を怖がっているようにも見えた。

勧められるまま、そろそろと炬燵布団をめくる。が、途端に踵を返すと、脱兎のごとく部屋を飛び出していってしまった。

「きゃっ」

女の悲鳴が廊下から聞こえる。瑠璃は慌ててひまりを追いかけた。

遊女が一人、廊下に横倒しになっていた。走るひまりとぶつかってしまったらしい。ひま

りも尻餅をついていた。

瑠璃が急いで駆け寄ると、ひまりは姉女郎が追ってくるのを察して素早く立ち上がった。

「おい待て、ひまりっ」

瑠璃の制止を聞かず、禿は勢いよく走り去ってしまった。

「すみません。あの……お怪我はありませんか、汐音(しおん)さん」

瑠璃は半身を起こしている遊女に手を差し伸べた。

汐音は黒羽屋で瑠璃に次ぐ二番人気の売れっ妓だ。幼い頃から花魁になる期待をかけられていただけに、一番の座をあっさり奪った瑠璃とは犬猿の仲であった。

手を撥(は)ねのけられるだろう、瑠璃はそう思った。ところが意外にも、汐音は素直に瑠璃の手をつかんだ。

「禿の扱いに手こずっているんですね。今まで優雅な独り身を貫いてきたんですから、苦労されても致し方ないでしょう」

やはりいつもの嫌味かと、瑠璃はたちまち仏頂面になった。

「どうして逃げられたんです?」

「その、菓子をあげようとしたら、急に」

「なるほど、ひまりを餌付(えづ)けしようとしたんですね」

ぐうの音も出ず、瑠璃は目をそらした。反論しない花魁の横顔を、汐音は吟味(ぎんみ)するように

見つめている。

「菓子は姉女郎が先に手をつけないと、妹は食べてはいけないんですよ」

「え？」

「禿は姉女郎を立てねばなりませんから、色々と決まりがあるんです。次からは花魁が先にお食べなさい。そうすればひまりも食べていいんだと、わかるはずですから」

瑠璃は目をしばたたいた。汐音の声には以前のような棘がない。本心から瑠璃に助言しているらしかった。

「それは存じ上げませんでした。教えてくだすってありがとうございます」

頭を下げると、汐音はぷいとそっぽを向いた。

「夕辻さんに禿の扱いを教わっているようですけど、あの方は言葉足らずですし、知らないことがあっても無理はありません。わっちとて津笠さんと長い付き合いでしたから、ひまりのことが気がかりだったんです。それに」

ぺらぺらと口達者に開陳した汐音だったが、何やら歯切れが悪くなってきた。瑠璃はいつもと異なる朋輩の様子に、胸の内で首を傾げた。

「瑠璃花魁、以前あなたが大怪我を負っていたのは、あの火事が原因なんでしょう」

汐音は不意に、丁字屋で起きた火災の話を持ち出した。

火事の際、瑠璃が妖刀を使って鎮火をしたのは誰にも見られていなかった。だが雛鶴を外へ逃がすべく奮闘していた姿は、丁字屋の者たちによって証言され、吉原の語り草となっていた。

「誰にでもできることじゃありません。結局、雛鶴さんは行方不明になってしまったけれど、あなたの勇気は称賛に値します」

褒めてはいるのだが、汐音の物言いはぶっきらぼうだ。これまでの瑠璃に対する態度を、そうすぐには変えられないのだろう。

汐音と別れて部屋へ戻ってきた瑠璃は、誰にともなくこぼした。

「あの人、そんなに悪い人じゃねえのかもな」

どんな業界でも一番と二番は、とかく仲が悪いものだ。汐音とて瑠璃が心から憎いのではなく、ただ花魁の座を取られたことが悔しかっただけなのかもしれない。

廊下でのやり取りをこっそり聞いていた双子は、同時に頷いた。

「気位は昔から高いけどな」

「でも汐音さんだって、本当は優しい人だよ」

黒羽屋で育った双子は、遊女たちの様子を物心ついた頃から観察していた。汐音の心根が言動とは違うことも弁(わきま)えていたのだろう。

そうか、と瑠璃は微笑んだ。

「ああ寒っ。御節もお稲荷さんに食われちまったし、しゃあねえなあ。とりあえず団子でも

食うか」

　ぶるると寒さに震えつつ、炬燵布団をめくる。

「うおっ？」

「何だ、どうしたんだよ」

　声を上ずらせた瑠璃に、双子が怪しげな目を向ける。

「おい、長助っ。お前どこで寝てるんだよ、びっくりしたろうが」

　ぬくぬくとした炬燵の中では、大きな頭にほっかむりをした袖引き小僧の長助が、気持ちよさそうに寝息を立てていた。

五

夜の帳(とばり)が下りた仮宅に、三味線(しゃみせん)の掻き鳴らされる音が響く。

吉原の妓楼より狭いからか、普段とは異なる客層の男たちが遊び惚けているからか、黒羽屋は床の底が抜けんばかりの乱痴気騒ぎで沸き立っていた。

仮宅営業では、遊客と待ちあわせる引手茶屋(ひきてちゃや)への道中がない。瑠璃は一階にある引付座敷(ひきつけざしき)で客の到着を待っていた。隣の座敷から聞こえる下品な馬鹿笑いを聞きつつ、ぼうっと中空を見つめる。

本音を言えば、一刻も早くかの地獄に乗りこんでいきたい。傀儡の体を商いに使っているなど到底、許せることではなかった。野放しにはしておけないというのが黒雲の総意でもある。

しかし瑠璃は一度、早計によって惣之丞の罠にはまってしまったことがある。地獄を経営しているのがあの狡猾(こうかつ)な男である限り、軽々しい行動を起こせば逆手に取られ、同じ轍(てつ)を踏むことになりかねない。綿密に策を練るべく、さらなる情報がほしい。

錠吉と権三は調査を続けてくれていたが、惣之丞が経営する地獄にいかにして乗りこむべきか、未だ妙案は浮かばない。瑠璃の気持ちは逸(はや)るばかりだった。ただ、個人的なことではあるものの、瑠璃自身も地獄へ向かう前に知っておきたいことがあった。

惣之丞の行動原理となっているものは、何なのか。安徳と会話してから、それが日を追うごとに気になり始めていた。義父である惣右衛門の遺志を尊重するならば、義兄がなぜ鳩飼いに加入したのか、経緯だけでも承知しておくべきだろう。瑠璃は惣之丞を追及するだけでなく、できることなら対話をしたいと望むようになっていたのだ。惣之丞が応じてくれるか否かは、わからなくとも。

非協力的なお内儀との関係性も、悪くなる一方だった。頭を悩ませることが多すぎて、瑠璃は正直なところ花魁業に打ちこめる心境ではなかった。が、本業を疎かにするわけにもいかない。今朝も「仕事に身が入っていない」と遣手(やりて)のお勢以に咎(とが)められたばかりである。

しかしながら、ふとした時に考え事が頭をよぎってしまうのは、どうにも止めることができなかった。

「瑠璃、しゃんとしなさい。もう直(じき)にお客が来るんだから」

隣に座していた幸兵衛が、見かねて瑠璃を諫めた。

今日の客とは初会の予定である。

「とんでもない上客なんだから、くれぐれも粗相(そそう)のないように。って、聞いているのか」

強めに言われ、はっと瑠璃は意識を戻した。

「あ……すいません」

まったく、と幸兵衛は苛立っている。

これまで幸兵衛は、口酸っぱく今日の客がいかに大事かを瑠璃に説いてきた。どうやら黒羽屋へはお忍びで遊興に来るらしい。いつもなら座敷には幇間や芸者などが集まって場を盛り上げるのだが、今日は瑠璃一人で応対せよとのことだった。

「楼主さま、いらっしゃいました」

豊二郎が客の来店を告げに来た。幸兵衛が急いで腰を上げる。

二人が玄関まで客を迎えに行っている間、瑠璃はまたも上の空になっていた。

上客だろうがお忍びだろうが、今はどうでもよかった。花魁としての仕事があるせいで思うように動けぬことが、もどかしく感じられていた。

「さあどうぞ、こちらへ。花魁も待ちかねておりますゆえ」

幸兵衛が接客用の明るい声で客を誘う。瑠璃は両目をぎゅっとつむり、小さくかぶりを振った。

——ええくそ、仕方ねえ。上客とやらが早めに帰ってくれるのを祈るっきゃない。

花魁のたおやかな微笑を作り、座敷に入ってきた男を見やる。

瞬間、瑠璃の笑みは消え失せた。

「お初にお目にかかる、瑠璃花魁。待たせてしもて堪忍な」

瑠璃は言葉を出すことができなかった。

飄々と発せられた声。忘れたくとも忘れられない顔。

――忠さん……？

男はかつて椿座の常連だった大名、酒井忠以であった。播磨姫路藩の第二代藩主である忠以は、十五万もの石高を抱える大身だ。

にもかかわらず、忠以は至って庶民に近い服装をしていた。縹色の着流しに、子持ち弁慶格子の裏付き綿入れ。頼りなさげなで肩が、分厚い綿入れ越しにもうかがえた。

気楽な装いでへらへらと笑う姿は、お世辞にも殿様とは言いがたい。贔屓めに見ても遊び好きな大店の若旦那といったところだ。

細い奥二重の垂れ目が、言葉を失ったままの瑠璃を捉える。忠以はにこ、と口角を上げた。

「何で、ここに」

「花魁、酒井さまを存じ上げているのかい？」

幸兵衛から不審げに問われ、瑠璃は顔を強張らせた。

「……いえ、何でもござんせん」

「ふふ、さしもの花魁も緊張しているようですよ。さあ酒井さま、お付きの方も、どうぞそちらへ。酒や肴は用意してございますが、追加があれば何なりとお申しつけください」

忠以は従者を一人連れてきていた。まだ少年らしさが残る従者は、双子と同い年くらいだろうか。黙って首肯し、忠以の斜め後ろに座りこんだ。

「それではご歓談を。私はひとまず失礼つかまつります」

幸兵衛はいつも以上に慇懃に三つ指をついて礼をすると、瑠璃に目配せをし、襖を閉めた。楼主の顔には、わかっているな、という無言の圧力がありありと滲んでいた。

「さてと、久しぶりやなミズナ。今は瑠璃花魁、て呼んだ方がええんか？　何や変な感じやなあ」

幸兵衛が遠ざかっていく足音を確認してから、忠以は鷹揚に語りかけてきた。瑠璃はなおも固まったままだ。

上客、お忍び、と言い含められていたのは当然のことである。殿様の廓遊びなどそうそうあることではない。

特に忠以は大老四家の一つ、酒井雅楽頭家の宗主である。酒井家は老中や大老を輩出してきた徳川譜代の名門だ。十六歳で家督を継いだ忠以も、二十八となった現在、将軍の補佐役として幕閣の中では重要な地位にいる。

しかし瑠璃が凍りついているのは、相手が有力な大名だからではなかった。

「黒羽屋の料理は絶品やと聞いとったけど、ホンマやなあ。こんなうまい鰤の煮つけは初めてやで、ほらお前も食べ、食べ」

忠以は黙している瑠璃を尻目に、さっそく権三が作った料理に舌鼓を打っている。

「このかぶらも白味噌が効いてええ塩梅ですよ、忠以さま」

従者は烏賊と蕪の酒粕煮に箸をつけていた。言葉少なだが、忠以と同じく料理の出来に感心しているようだ。

「何なんですか」

瑠璃はようやく声を出した。忠以が口を動かしつつ、不思議そうに瑠璃へと目をやる。

「お前は食わへんの？　あ、せや、花魁は初会じゃ料理に手をつけられへ……」

「今さら何しに来たんですかっ。わっちが吉原にいると、惣之丞から聞いていたんでしょう？　四年の間、一度も音沙汰なかったくせに、今になって」

一度言いだすと、恨み言は止まらなかった。

「わっちがこうして吉原の妓になったことを笑いに来たんですね。椿座にいた時だってどうせ、あなたと話して舞い上がっているわっちを見て、身分違いなのにと笑ってたんで……」

「待ちや。お前、俺といて舞い上がっとったんか？」

瑠璃はうっ、と言葉を呑みこんだ。

「そかそか。俺の片想いか思うとったけど、両想いやったんやな」

照れるわ、と忠以は首をさすっている。

怒りが通じない忠以に、瑠璃は顔を背けて黙りこんだ。この男は昔からこうなのだ。

椿座で惣右助と名乗り立役を務めていた瑠璃は、女であることを客のみならず、内部の者にもひた隠しにしていた。楽屋も立ち入り禁止にし、着替えを決して見られないようにしていたのだが、ある時、常連であった忠以は「惣右助と話してみたいから」とこっそり楽屋に入ってきてしまった。

着替えの最中だった瑠璃は慌てて体を隠した。だが時すでに遅し、女であるのに気づいた忠以は、ぽかんと口を開けていた。

女が芝居役者を務めることはご法度だ。忠以ほどの権力を有する者なら、いくらでも小屋を取りつぶすことができるだろう。

ところが青ざめる瑠璃に対し、忠以は相好を崩して「よかった」と言ったのだ。聞けば舞台を見るうち惣右助のことが頭から離れなくなり、自分が男色に目覚めたのかと思い悩んでいたそうだ。

それから瑠璃は、人目を忍んで忠以と話すようになった。西の言葉づかいでひょうきんに話す忠以は、殿様らしい堅苦しさを少しも感じさせない男だった。藩主として、幕閣としての責があるため頻繁に会うことはできなかったが、忠以は暇を見つけては椿座を訪れ、瑠璃と話したがった。

姫路の城や街並みの話。参勤交代の折に見た諸藩の風景の話。小屋からほとんど出ない瑠璃にとって、忠以の話は己が世界を広げ、彩りを与えてくれるようで、会うのを心待ちにす

るようになった。

いつしか瑠璃の心には、忠以を一人の男として想う気持ちが芽生え始めた。忠以も同じのようで、瑠璃と会う時の顔はいつも幸せに満ちていた。

十五万石の大名と、一介の歌舞伎役者。二人の間には超えがたい身分の壁が隔たっていた。が、忠以にとっては関係ないようだった。とはいえ忠以は、瑠璃に指の一本も触れようとはしなかった。それはまだ少女であった瑠璃を慮（おもんばか）るがゆえ。思いやりに気づいた瑠璃が、ますます忠以に恋心を募らせていったのは必然と言えよう。義父、惣右衛門も瑠璃と忠以の仲を知り、二人の恋路を密かに応援してくれていた。

だが惣右衛門が死に、惣之丞が瑠璃を吉原に売ったことで、二人は引き裂かれた。瑠璃は忠以が自分を案じてくれているのでは、と内心で期待していた。されど忠以からは何の便りもなかった。吉原で花魁を務めていると、惣之丞から聞かされているはずなのに。

自分は一顧だにされていないのだ。義父の死。義兄からの迫害。想い人の無関心。心を裂く出来事が立て続けに起こった瑠璃は、忠以のことを必死に忘れようとしてきた。

それが四年経った今、こうして唐突に会いに来たのである。

「ここに来たという意味を、あなたは本当にわかっているんですか」

瑠璃は低い声で問うた。

忠以は発言の意味をつかみかねているようで、箸を動かしながら瑠璃を見つめ返した。

「場所を移しましょう。従者の方は控え部屋でお待ちください」

瑠璃はやにわに立ち上がった。

「ちょお瑠璃、どこ行くねん」

忠以の制止を無視して廊下に出る。別の座敷に向かおうとしている遣手を見つけ、つかまえた。

「お勢以どん、酒宴は終わりました」

「何、えらく早いじゃないか」

「わっちの部屋に移りますので準備をお願いします」

瑠璃の声には抑揚がない。お勢以は勘ぐるように瑠璃の顔を眺めまわした。

「まあ、久しぶりに仕事をする気になったのならいいが。わかってるね瑠璃、今日は特例だ。初会の決まりにはかまわず、帯を解きな」

瑠璃は無表情にお勢以を見つめ、何も言わず、その場を後にした。


「失礼いたします」

お勢以が襖に向かって声をかける。中から忠以の声が返ってきた。

遣手に促されるまま、瑠璃は自室へと入る。重い仕掛(しかけ)を脱ぎ、袷姿に装いを替えていた。

雪輪と遠州椿の小袖に、白鷺が両翼を広げた前帯。冬らしく白を基調とした趣が、置行灯の灯に浮かび上がった。唇と目尻が艶然とした紅色を際立たせる。凜とした瑠璃の瞳にはしかし、感情を示す色がなかった。まるで何かを、冷たく見据えているかのようだ。

「まだ飯の最中やったんに、何やっちゅうねん」

「おや酒井さま、事の前に食べすぎては力が発揮できませんよ、ほほほ」

お勢以は高らかに笑うと、おしげりなんし、と言い置いて襖を閉めた。

瑠璃と忠以は二人きりになった。

「何なんあれ、どういう意味や」

瑠璃は答えなかった。忠以に歩み寄り、傍らに腰を落とす。忠以が持つ盃に薄く、鰭酒を注いでやった。

「お前、羽織モンはどないした？　寒いやろ」

ふ、と瑠璃は艶めいた笑みをこぼした。

「野暮なことを。仕掛もこの小袖も、帯ですら、邪魔なだけでありんしょう」

「瑠璃……？」

目を瞬いている忠以をよそに、瑠璃は忠以の手から盃を取った。不意にしなだれかかり、懐に細い指を差しこむ。ゆっくりと、襟を開いていく。

忠以の胸元に唇を触れようとした瞬間、忠以は弾かれたように立ち上がった。

「待てっ。何するんやいきなり」

焦ったように声を張る忠以。瑠璃も衣擦れの音をさせながら立ち上がった。

「何って、言わずともわかっているでしょう。廓の妓とすることなんて決まっているじゃありんせんか」

言うと体を忠以に預け、両手を胸にぴとりとつけた。早鐘のごとき鼓動が伝わってくる。

瑠璃の右手は、するすると忠以の下腹部へ這っていく。

「お好きな作法はございますか？　夜は長いですから、色々と試してみんしょうか」

妖艶な微笑をたたえ、忠以の顔を見上げる。

忠以は口を真一文字に結んでいた。怒りとも、憐憫とももとれぬ情が、面差しに交差している。

と、忠以は瑠璃の手をがっしとつかんだ。微かにひるんだ瑠璃にかまわず、唐突に屈みこみ、勢いよく体を抱き上げる。

「な、ちょっと」

体が畳から持ち上がる。瑠璃は慌てて忠以の首にしがみついた。

「降ろしてっ。どういうつもりですか」

忠以は無言で布団の間へと瑠璃を抱えていく。

「ああ、わかった。こういう強引なのが好みで……」

「やかましっ」

郵便はがき

料金受取人払郵便

小石川局承認

1025

差出有効期間
2021年12月
31日まで

1 1 2-8 7 3 1

〈受取人〉
東京都文京区
音羽二—一二—二一

講談社
文芸第二出版部 行

書名をお書きください。[　　　　　　　　]

この本の感想、著者へのメッセージをご自由にご記入ください。

[　　　　　　　　]

おすまいの都道府県 …………………… 性別 男 女

年齢 10代 20代 30代 40代 50代 60代 70代 80代~

頂戴したご意見・ご感想を、小社ホームページ・新聞宣伝・書籍帯・販促物などに
使用させていただいてもよろしいでしょうか。 はい (承諾します) いいえ (承諾しません)

TY 000044-1910

ご購読ありがとうございます。
今後の出版企画の参考にさせていただくため、
アンケートへのご協力のほど、よろしくお願いいたします。

■ **Q1** この本をどこでお知りになりましたか。

①書店で本をみて
②新聞、雑誌、フリーペーパー 〔誌名・紙名　　　　〕
③テレビ、ラジオ 〔番組名　　　　〕
④ネット書店 〔書店名　　　　〕
⑤Webサイト 〔サイト名　　　　〕
⑥携帯サイト 〔サイト名　　　　〕
⑦メールマガジン　⑧人にすすめられて　⑨講談社のサイト
⑩その他 〔　　　　〕

■ **Q2** 購入された動機を教えてください。〔複数可〕

①著者が好き　②気になるタイトル　③装丁が好き
④気になるテーマ　⑤読んで面白そうだった　⑥話題になっていた
⑦好きなジャンルだから
⑧その他 〔　　　　〕

■ **Q3** 好きな作家を教えてください。〔複数可〕

〔　　　　〕

■ **Q4** 今後どんなテーマの小説を読んでみたいですか。

〔　　　　〕

住所

氏名　　　　電話番号

ご記入いただいた個人情報は、この企画の目的以外には使用いたしません。

忠以はぼふ、と三ツ布団の上に瑠璃を降ろした。布団の上に座らされる格好になった瑠璃は、呆然と忠以を見上げる。

「はあ、重かったわ」

「し、失礼なっ。女子に向かって何てことを」

自然と漏れ出た忠以の言葉に、瑠璃は些か傷ついた。

忠以は畳の上に胡坐をかいた。肩で息をしている様子から察するに、細腕で人一人を抱えるのがやっとだったようだ。

「瑠璃って呼ぶんはやっぱやめる。俺は花魁に会いに来たんやない。ミズナに会いに来たんやからな」

瑠璃は胸を衝かれた。次になすべき行動を見失い、畳へと視線を這わせる。

「俺の体が弱いん知っとるやろ。自分で言うんも情けないけど、無茶させせんといてくれや」

黙っている瑠璃に、忠以はそっと語りかけた。

「本当はもっと早う会いに来たかった。けど、おかしな病を患ってしもてな。体の調子が悪うなって、来たくても来られへんかった」

忠以は軽く咳きこんでいる。昔から忠以は、性格とは反対に病弱であった。瑠璃も承知していることである。

しかし、ひとたび花魁としての佇まいを決めてしまえば、簡単に引っこめることなどでき

なかった。瑠璃はもはや忠以の知っているミズナではない。吉原で男に肌を許す、遊女なのだ。

花魁の意気と張りを、保たねば。胸の内から今にもあふれ出そうな感情を押し留めるには、それ以外になかった。

「すまんかったな。辛い思いを仰山したやろうに、今まで力になってやれへんかった。会ったら真っ先に謝ろうと思っとったけど、お前の顔を見たら嬉しさが先に来てしもうて……綺麗になったな、ミズナ」

意地を張るのは、もう限界だった。

瑠璃は忠以の首に飛びついた。ずっと会いたいと望んでいた、愛する男にしがみつき、何度も名前を呼ぶ。熱い涙が止めどなくあふれた。

心がまるで、少女の頃へと逆戻りしたかのようだった。

「アホ、苦しいわ」

忠以は軽口を叩きながらも、瑠璃の体を強く抱きしめた。涙が治まるまで背中を優しくさすってやる。忠以の体温は、離れていた時間を埋めるようにじんわりと、瑠璃の心に染みていった。

やがて瑠璃は、洟をすすりながら体を離した。

「わっちだって会いたかった、でも、遊女の姿を見られたらきっと嫌われるって、幻滅され

るって、怖かった」

どうせ嫌われるのなら、花魁としての現状を見せつけ突き放してやろう。瑠璃は自棄になっていたのだ。だが、対する忠以は昔と何ら変わらぬ態度で、再会を純粋に喜んでいた。

「ホンマにアホやな。俺にとってお前がミズナであることは、なあんも変わらへん。そうやって一人で抱えこんで突っ走るんも、昔っからやし」

忠以も瑠璃の心情を斟酌したようだった。頬を伝う涙を、指でぐいとぬぐってやる。

白い歯を見せて笑う忠以に、瑠璃も思わず顔をほころばせた。

「忠さん、来てくれてありがとう。そういえば今日は、まるを連れてきてないのか？」

まるは、忠以が飼っていた狆の名である。椿座に来ていた頃も、忠以はよくまるを伴っていた。この狆は非常に忠義に厚く、主人である忠以を常に守らんとしているようだった。

「まるはもう、死んでしもた。二年は経つかな。十五歳まで生きたんやから、犬としては大往生や」

「そうなんだ……」

落ちこんだ様相の瑠璃に、忠以は眉を下げた。

「んな顔せんでええ。お前が覚えとってくれたこと、まるも嬉しく思うとるで」

晴朗に笑い、瑠璃の手を握る。瑠璃も微笑み、忠以の手を握り返した。

「失礼しやす」

ささやき声がしたかと思うと、座敷の襖が薄く開いた。うかがうように顔をのぞかせたのは栄二郎だった。

「あっ、すいません、行灯の油を差し、に……」

栄二郎はこの日、不寝番(ねずのばん)を担当していた。不寝番は客と遊女が睦みあう最中でも部屋に入ることが許されている。栄二郎も慣れたものだったが、瑠璃と忠以が手を繋いでいるのを見て、顔色を変えていた。

「ああ栄か、ご苦労さん」

瑠璃は満面の笑みで栄二郎を迎え入れた。我に返った栄二郎はぺこりと頭を下げ、行灯のそばへ向かう。

「忠さん、この若い衆は栄二郎といってね」

「忠さん？」

上客であるはずの男に向かって砕けた口調になっている瑠璃に、栄二郎は手を止め振り向いた。常ならず顔が硬い。訝しむように瑠璃を凝視した。

「いいんだよ。この人、わっちの昔からの知りあいなんだ。酒井忠以さま、姫路藩のお殿様だよ」

「前にこまが言ってた、花魁の想い人ですか」

「ば、馬鹿、他に言い方があるだろ」

瑠璃は泡を食ったように言葉を濁した。忠以はそんな瑠璃をにやにやと横目で見ている。

「……栄二郎です」

栄二郎は体を瑠璃たちに向け、忠以に辞儀をした。しかし視線は、二人の手へと注がれている。

「そんでね忠さん、吉原にある黒羽屋の張見世部屋にはね、龍の水墨画が飾られてるんだ」

「龍？」

忠以は初対面ながら、栄二郎の様子がおかしいことに勘づいているようだった。栄二郎を見つつ、瑠璃の言葉を聞き返す。

「うん。その龍、何とこの栄二郎が十の時に描いたものなんだ。こいつには絵の才能があってさ、黒羽屋の修繕が終わったら見に来てよ。張見世部屋は焼けてないから絵も残ってるし」

忠以に身内自慢をする瑠璃はいかにも楽しげであった。客と接する時とも、黒雲の男衆や妖と接する時とも違った、女子の顔。

「張見世の絵てゆうたら鳳凰(ほうおう)やないんか。何で龍？」

栄二郎は俯いた。

「それは、瑠璃花魁を見て、着想を得たというか」

初耳だった瑠璃は胸中で驚いた。絵を描いた時点で栄二郎は、瑠璃が龍神の力を宿してい

たとは知らなかったはずである。人知れず高い審美眼を持っているのだと感服した。

「あ、そうそう、この前なんか立派な正月絵をくれたんだよ。ほら、あそこの壁に飾ってあるやつ」

「花魁、やめてください」

嬉々として壁の絵を指し示す瑠璃に、栄二郎は怒ったように声を大きくした。

「何だよ、褒めてんのに」

「ほぉぉ、こら確かにえらいモンやな」

忠以は立ち上がり、壁に飾られた宝船の絵に見入っている。深く感じ入ったように何度も頷いた。

酒井家は代々、風流事に造詣(ぞうけい)の深い家柄であった。忠以も茶道(さどう)や能、絵の分野で才能を発揮し、宗雅(そうが)の号を所有している。単なる殿様芸に留まらぬ非凡な才には瑠璃も、そして惣右衛門も、深い関心を寄せていた。風流なことなら何でも大好きだった惣右衛門と忠以が、身分を大きく超えて親交を結んでいたのはこのためである。

「色んな流派がまじっとるみたいやけど、師匠は誰や？」

笑顔で尋ねるも、栄二郎は口を閉ざしていた。

「こら、栄。聞かれてるんだから答えな」

瑠璃がたしなめると、栄二郎は心ならずといった風に、独学であることを答えた。

「ははあ、たまげた。誰にも教わらんでこの力量とは。けど筆に、ちょいと迷いがあるようにも見えるな」

忠以は手を顎に当て、絵へと再び目を凝らす。

「このままにしとくんはもったいないで。栄二郎、やったな。お前さん、本格的に絵を習ってみる気はあらへんか？」

栄二郎は面食らったように顔を上げた。

「忠さんが教えるのか？」

「いや俺でもええけど、画風が違う。いっちゃん近いのは鳥文斎の栄之はんやな」

「ちょ、鳥文斎先生とお知りあいなんですかっ」

栄二郎は身を乗り出していた。

鳥文斎栄之は吉原でも有名な旗本絵師である。優美な狩野派の画法を用い、さらに高級官吏の嗜みとして、近年では錦絵の制作にも精を出している。

栄二郎の声色からして、鳥文斎の絵に憧れを抱いていたらしい。

「まあ、江戸城での務めで顔をあわせとったさかいに。この画力なら栄之はんも弟子に大歓迎やろ。話を通しとこうと思うが、どうや？」

思わぬ話に栄二郎は戸惑っている様子だった。

「何を迷ってんだよ。こんな幸運なことがあるか？　わっちも応援するから頑張りな」

瑠璃に発破をかけられ、栄二郎は複雑な面持ちで頭を下げていた。

栄二郎が去った後、瑠璃と忠以は改めて座敷に腰を落ち着けた。忠以は寒さが応えるのか、また咳きこんでいる。

「ほら忠さん、火鉢に当たろう。玉子酒か生姜酒でももらってこようか」

「うんにゃ。いつもの発作や、すぐ治まる。にしてもあの小僧、お前のことが好きなんやな」

突拍子もなく言われ、獅子嚙火鉢をずらしていた瑠璃は動きを止めた。

誰に対しても愛想がよい栄二郎は、本人も意図せずして相手の懐に入るのが得意であった。しかし瑠璃に対する態度だけは、どこか毛色が違った。

多感な年頃の双子が身近な存在である遊女に恋をするのは、むしろ自然なことである。兄の豊二郎も、今は亡き津笠に特別な感情を寄せていた。栄二郎が表と裏、どちらの仕事においても苦楽をともにしてきた瑠璃に対し、憧れるようになったとしてもおかしくはない。だが瑠璃は、栄二郎の態度や距離感は仲間だからこそのものであろうと認識していた。

「まっさか、そんなんじゃないって。だって遊女と若い衆は結ばれちゃならないんだよ?」

妓楼にとって遊女は、いわば大切な商品である。

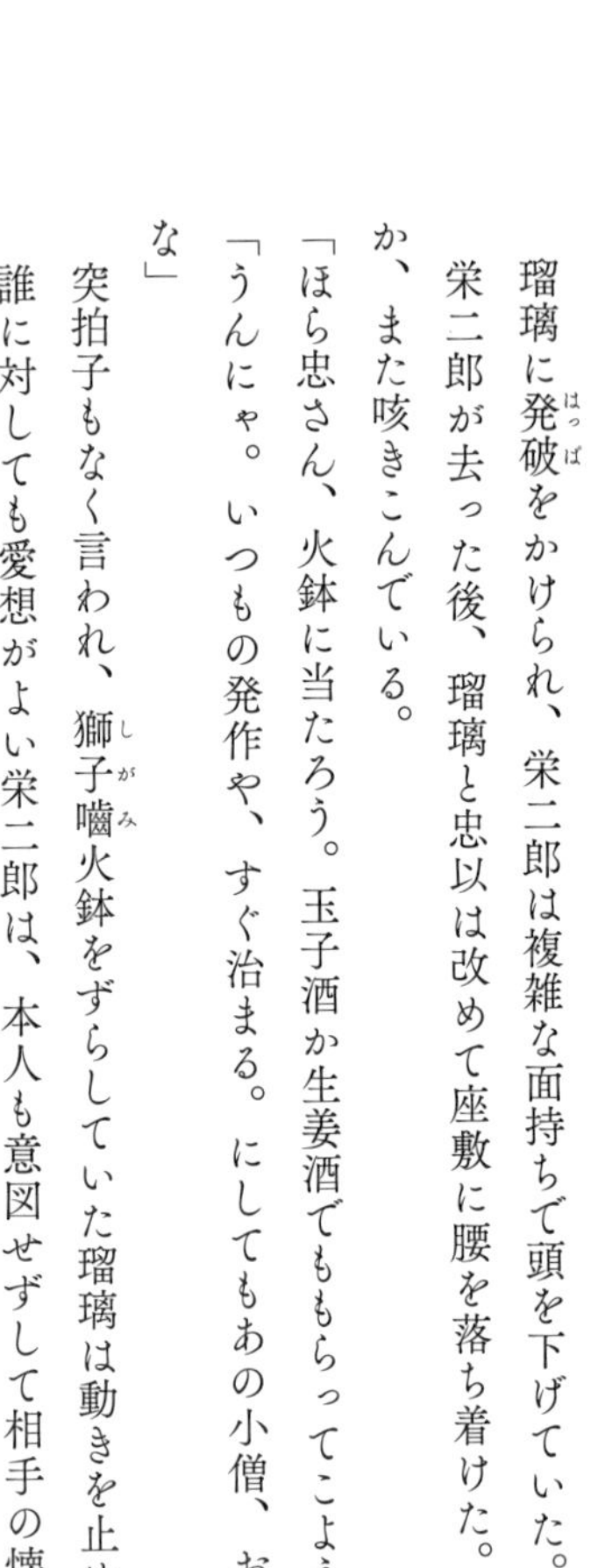

遊女と見世の者が情を通わせることは固く禁じられていた。もし掟を破れば、男は拷問の上で殺されるか自害を迫られるかし、遊女もただではすまない。折檻で全身を痛めつけら

れ、端女郎か岡場所に異動させられてしまう。

「そうなんか。吉原は掟やら決め事が好きなとこやなあ。ほんなら、客と遊女やとどないや」

「え？」

瑠璃は眉根を寄せ、忠以を食い入るように見た。

「俺はミズナが好き、ミズナも俺が好き、なら一緒になる以外ないやん」

「いやいや、ちょっと待って。もしかして身請けの話をしてるのか？」

忠以はもちろん、と首を縦に振る。無邪気な笑顔を見て気恥ずかしさが増し、瑠璃はごまかすようにそっぽを向いた。

「駄目だよ。榊原家がなぜ酒井家に姫路城を譲ることになったか、忠さんだって知らないはずないだろ」

姫路藩のかつての藩主は、榊原政岑という者であった。徳川吉宗公の倹約令で浪費を厳しく制限されていた頃にもかかわらず、派手好きな政岑は、高尾という吉原の太夫に入れこんだ。

結果、身請けをしたことで姫路藩の財政は破綻。幕府の怒りを買った政岑は転封、城を追われる羽目になった。

越後高田に国替えとなった政岑だったが、高尾太夫は彼の想いを受け止め、越後までつい

ていくことを決めた。隠居した政岑は二十九という若さで死去。高尾は政岑の死を看取った後、尼になり、毎日の回向を欠かさなかったという。

政岑と高尾の恋路は吉原では純愛譚として通っており、姫路城を治める酒井家にとっては、訓戒となっているはずだ。

「そこを突かれると痛いけど、せやかてなあ。太夫の身請け金やと確か、千両を超えるんが相場やって聞いたことがある。花魁やとナンボくらいや？」

瑠璃に諫められても忠以は諦めきれないようだった。瑠璃は軽くため息をついた。

藩の金を使って遊女を請け出すともなれば、幕府がいい顔をするはずもない。姫路の民も家臣も忠以に不満を抱き、批判を浴びせることだろう。藩主としての立場が悪くなるのは目に見えている。榊原家の二の舞になることは避けねばならない。

「うちの楼主との交渉次第だけど、わっちだってこれでも太夫職の復活を望まれてる身だよ？　太夫とそんなに大差ないはずだし、もしかしたらそれ以上かも」

「うぐっ、ホンマかいな」

「ホンマだってば、忠さんは甘いなあ。だって江戸一と謳われるこのわっちを身請けするってんだから、そんくらい覚悟してもらわなきゃ困るよ」

意地悪な笑みを浮かべてみせる。これでさすがに諦めるだろうと思ったのだが、忠以は退かなかった。

「むうん、そうか。ほな何とかせんなんな」

「本気?」

瑠璃は思いきり顔をしかめた。一方の忠以は、大いに真剣だった。

「当たり前やん。ただ、榊原家のこともあるから易々とはいかへん。姫路も今は贅沢しとれん時期やし……せやから少し、待っとってくれんか」

瑠璃を正視する忠以に、おどけている素振りは見受けられない。沈黙していた瑠璃は次第に脱力していった。

「まあ、そこまで言うなら、前向きに検討するよ」

「検討って何やねん。そこは即答で〝はい、忠さん〟やろ」

もっと喜んでもらえると思っていたのだろう、忠以はがっくりと肩を落としていた。瑠璃はそれを見て笑い声を上げた。

——もし本当に忠さんと一緒になれたら、楽しいだろうな……少しくらい夢見心地になったって、罰は当たらないだろう。

身請け金のことのみならず、大名が花魁を娶るともなれば他にも課題は多いであろう。瑠璃にしても黒雲のことがある。安易に承諾はできなかったが、忠以との未来を想像すると心がこの上なく躍った。瑠璃は自分の顔が、我知らず緩んでいるのに気がついた。

「なあなあ、身請けができたら二人で旅に出ようや。仙台藩の松島も見たいし、出雲の大社

にも参拝したいし」

「そんならわっち、富士山に登ってみたいっ。富士講の絵を見てさ、楽しそうだと思ってたんだよね」

「えぇー、俺、登れるかなあ」

忠以と話していると、瑠璃は心が安らぎ、肩にのしかかる重責が軽くなっていくような心持ちがしていた。あえて言葉には出さずとも、忠以も同じ気持ちを抱いているだろう。数々の課題を一つひとつ解決していく過程も、二人ならきっと楽しめる。なぜか不思議と、確信が持てた。

障子や壁のわずかな隙間から、睦月(むつき)の冷えた風が吹きこんでくる。しんしんと霜を結ぶ気配が聞こえるようだ。

しかし二人を包む空気は温かく、幸せな語らいは、いつまでも尽きることがなかった。

六

「よし、何とか片づいたな」

瑠璃は息を切らせつつ、泥眼の能面を外した。視線の先には三体の鬼が黒い砂になり、凛冽とした風に流されていく。背後には白髪の傀儡、楢紅が控えていた。

この日の任務は五体の鬼が同時に出没する案件であった。これまでも複数の鬼を一気に倒さねばならぬ任務はあったが、五体を同時にというのはさすがに容易ではない。残りの二体は、修行で力をつけた錠吉と権三が離れた場所で対峙していた。

「融合した鬼じゃなかったけど、こりゃきついよな」

「頭、怪我してない？　大丈夫？」

後方から双子が姿を現した。二人は楓樹の仕掛を手にしている。

この仕掛は楢紅が身に着けているもので、まとえば姿を消すことができる。三体の鬼と戦う際、結界役の双子を隠すべく瑠璃が渡したのであった。

「疲れはしたけど、何ともないさ。錠さんと権さんも……終わったみたいだな」

遠くに感じていた鬼の気配が消えた。錠吉と権三も無事に退治を遂行できたらしい。

「錠さんと権さん、さっき話があるって言ってたよな」

「地獄についてまた何かわかったって」

豊二郎と栄二郎が口々に言う。

「ああ、早く戻って聞こうじゃないか。お前たち、もう結界を解いていいぞ」

双子は頷いた。上空に浮かぶ注連縄の光が薄れていく。

二人が試みていた檻の結界は、まだ完成には至っていなかった。任務の途中でまた砕け散ってしまうようでは心許ない。ゆえに今まで張っていた注連縄の結界で妥協せざるを得なかった。

栄二郎はふと、瑠璃を上目遣いに見た。視線に気づいた瑠璃も顔を向け、ぽん、と栄二郎の頭に手を置く。

栄二郎が自分に恋心を寄せているのではないかという忠以の推察が、少し気になっていた。が、おそらくは忠以の勘違いであろうと思いなおす。吉原で育った栄二郎が、遊女と若い衆の掟を知らぬはずはないからだ。とはいえ一応、忠以に身請け話を持ちかけられたことは、しばらく黙っておくことにした。

栄二郎は微かに赤面していた。弟の様子を見て、豊二郎は隣で首を傾げている。

「地獄のこともそうだが、惣之丞のことも、何かわかるといいんだが……」

「惣之丞のこと？」

双子に聞き返され、瑠璃は目を地面に落とした。

「わっちは惣之丞の裏の顔を知らなすぎる。このまま地獄に乗りこむのは、どこか違う気がしてな」

しかし惣之丞を動かしている源は何なのか、鍵となるものすらわからぬままだった。

「あいつが姦巫一族との関わりを持つようになったのには、何かきっかけがあるはずだ。生い立ちを知ることができりゃ自ずとわかるんだろうけど、父さまには、もう聞けねえしな」

ぼそぼそと胸中を吐露していた瑠璃は、双子の視線を感じて大きく息を吐いた。

「ま、あの野郎を縛り上げて吐かせるって手もあるがな。事と次第によっちゃ飛雷を使うのも辞さねえつもりだ」

頭領の自分が迷いを見せてはならない。瑠璃はドンと胸を叩いてみせた。笑みを浮かべる頭領を見て双子は若干、心配そうな顔をしていた。

「おっと忘れてた、そろそろ楢紅を戻しておかねえと」

瑠璃はふと召喚しっぱなしにしていた傀儡の存在を思い出し、楢紅に体を向けた。

傀儡の目元には「封」の血文字が浮かぶ白布が巻かれている。体の周囲にはそこはかとなく瘴気が漂い、白布を揺らしているようだった。

「楢紅、もういいぞ。下がってくれ」

瑠璃と主従関係にある楢紅は、瑠璃の言葉に必ず従う。常時は黒羽屋の行灯部屋、地下にある棺（ひつぎ）に横たわっているのだが、呼びかけに応じて瑠璃の前に現れ、そして元いた棺に帰るのだ。

この時も瑠璃はいつものように命令を下した。だが傀儡の体は、なぜか消えなかった。

「ん……？　楢紅、どうした。棺に戻れって」

傀儡は艶然とした微笑みをたたえたまま、瑠璃の前に浮いている。

一体いつもと何が違うのか。眉間に皺を寄せ再び口を開こうとした矢先、ドサ、と音がして瑠璃は振り返った。

豊二郎と栄二郎が地面に昏倒（こんとう）していた。

「おい、お前らっ」

二人に向かってしゃがみこんだ瑠璃は、楢紅が放つ瘴気が甚大に揺れているのに気がついた。傀儡の思念が波のように押し寄せてくる。瑠璃は体をぐらつかせた。

楢紅と血の契約を交わした際、瑠璃は楢紅が抱く思念の渦に呑みこまれかけていた。未だに恐ろしく、禍々（まがまが）しい怨念。その時は完全に呑まれる前に正気を取り戻せたものの、瑠璃自身、楢紅に対する恐怖心を払拭（ふっしょく）できてはいなかった。

「楢紅、やめろ……何で……」

——姦、巫。惣之、丞。

瑠璃は目を見開いた。楢紅の言葉が脳天に直接、響いた気がしたのだ。魂の奥底へ語りかけてくるような、重く掠れた声。

――知りたい、なら、教えてあげ、る。

「え……？」

瞬間、瘴気が津波のごとく覆い被さってきた。混沌とした思念の渦からは、以前と同じく感情の欠片も感じ取ることができない。息ができぬほどに重圧をかけてくる思念に、瑠璃は歯ぎしりをした。

意識が曖昧になっていく。目に映る景色がまるで反物のように柔く波打っている。こちらへと駆け寄ってくる錠吉と権三の姿が、遠くに歪んで見えた。

「錠さん……権さん……」

まぶたが鉛のように重くなり、瑠璃は目を閉じた。

次に目を開けた時に映ったのは、ささくれだった畳であった。瑠璃はうつ伏せに倒れていた身を起こし、自分の体を慌ただしくまさぐった。

間違いなく目は覚めている。夢ではない。しかし何が起こったのかは皆目、見当もつかない。

「どうなってるんだ、一体」

「頭っ」

顔を上げると、双子が焦った面持ちで両脇に立っていた。

「よかった、二人とも無事だったか」

「瑠璃、落ち着いて聞けよ。ここ……」

「だから言ったんだ、宗家と対立すべきではないと」

前触れなく大声がして、瑠璃は思わず背筋を正した。声のした方を振り返る。

狭く暗い部屋の中に、五人の男女と一人の少女が座していた。

「黙れ。玉菊の呪いで何人の分家が死んだと思っている？　宗家のうつけどもめ、儂らの反対を無視して強引に傀儡化などしおって。あれほど危険だと忠告したのに」

瑠璃は必死に状況を把握しようとした。言い争いをする者たちは、瑠璃たちの存在には目もくれていない。

「わっちらが、見えてないのか」

「そうなんだよ。話しかけても誰もこっちを向いてくれなくて」

瑠璃は双子の手を借りて立ち上がった。三人して手を繫いだまま、目の前にいる者たちを眺める。五人と少女はいずれも着古した襤褸に身を包んでいた。

「俺たちには宗家の力が必要だった。結界師だけで何ができるって言うんだ」

聞こえてくる会話から判断するに、諍いをしているのは姦巫一族の分家らしい。と、いう

ことは。

「わっちらは、檜紅の記憶を辿っている……？」

瑠璃は双子の手を握り締めた。掌から二人の混乱と緊張が伝わってきた。

檜紅は三人を、自らの記憶へと誘ったのだ。危害を加えようとしていたのではなかった。

だが檜紅にそのような力があると知らなかった瑠璃は、ひどく動揺していた。

朱崎太夫は盲目だったというお喜久の言葉が脳裏をよぎる。

——あの子どもか。

瑠璃は畳に正座している少女へと目をやった。少女は大人の中で唯一の女に隠れるようにして、身を小さくしている。その両目は閉ざされていた。

「見ろ、このザマを。幕府の庇護も失って、下層民に逆戻りだ。こんな掘っ立て小屋にしか住めず、まわりからは白い目で見られて唾を吐きかけられて。あいつら、俺たちを人だと思っちゃいねえ」

分家は宗家と物別れをしたことで元々の身分に戻ってしまった、とお喜久は話していた。

呪術師の身分は昔から最下層に位置づけられている。畜生のごとき強烈な差別を受けるようになったであろうことは、想像に難くない。

「だからと言って、宗家に付き従うことなどもうできん。言うに事欠いて、玉菊の傀儡化に手こずったのは結界師のせいとぬかしおった。傀儡を操る力を持っているからと儂らを見下

して。流れている血は同じなくせに」

「傀儡師の力さえあれば、俺たちだって……」

大人たちの目が、一様に少女へと向けられる。

瑠璃は場の空気が、剣呑に変わったのを肌で感じた。

「おい、そこの娘はもう傀儡師の修行を始めたんだろうな？」

家長らしき翁が、女に向かって問いかける。

「この子は目が見えないんです。残念ですが、傀儡師の役目は果たせません」

水を向けられた女は少女を抱き寄せ、躊躇いがちに答えた。少女を守るような仕草からして、朱崎の母親だと瑠璃は直感した。

傀儡師は結界師よりも前線に立たねばならない。盲目であればなおのこと命に関わるとわかっていて、みすみす我が子を危険にさらすわけにはいかないのだろう。

まわりの男たちは舌を鳴らしていた。

「この期に及んで甘えたことをぬかすなっ。目が見えないのは母親であるお前のせいなんじゃないか？」

朱崎は母にしがみついて唇を噛んでいた。母が口汚い大人たちの会話を聞かせまいと、娘の耳をふさぐ。

「傀儡師として産まれたからには責を果たせ。さもなくば生きている価値などない」

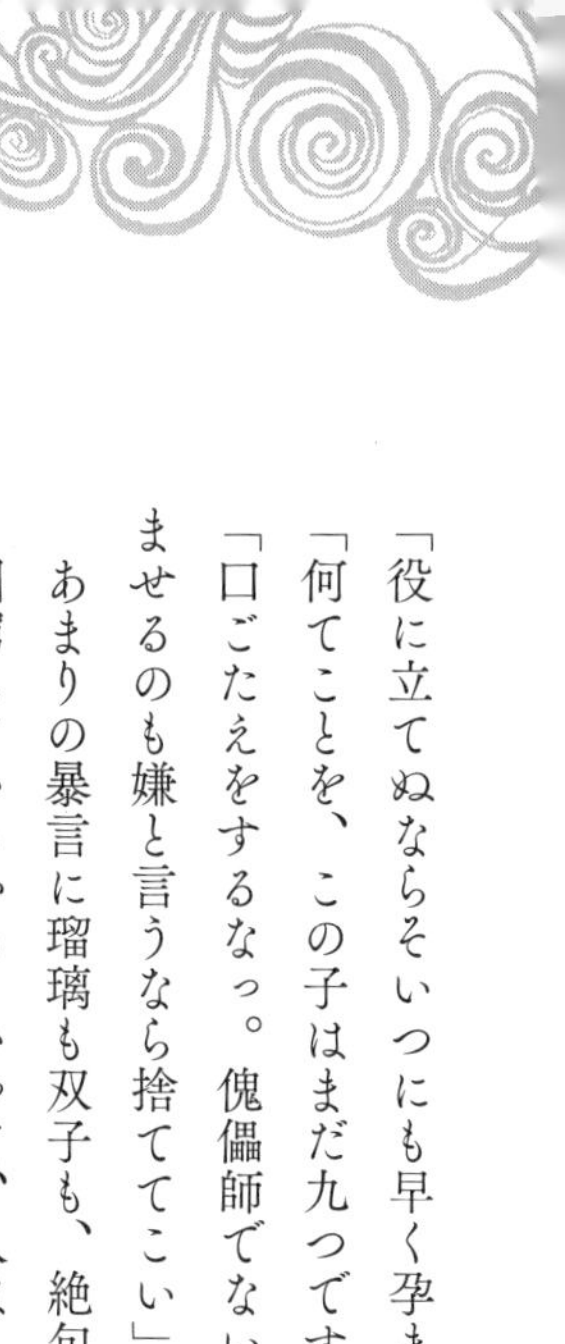

「役に立てぬならそいつにも早く孕ませろ」

「何てことを、この子はまだ九つですよ」

「口ごたえをするなっ。傀儡師でないと意味がないんだ。どうしても使い物にならない、孕ませるのも嫌と言うなら捨ててこい」

あまりの暴言に瑠璃も双子も、絶句していた。

困窮しているからといって、人はこれほどまでに苛辣になれるのだろうか。しかし安定した身分を失い、周囲から忌み嫌われるようになった分家は、良心を捨てねばならぬほど追い詰められていたのかもしれない。

すぐ近くにいるのに口を挟むことすらできぬのが、もどかしく感じられた。


「ごめんね。あなたをあそこに置いておくことは、もうできない」

朱崎の母が、腰を落として娘と向きあっていた。

四方からは清掻の音。瑠璃たちにとって馴染みのある雰囲気。吉原へと場所が移されたようだった。

「皆が傀儡師のことも結界師のことも忘れて平穏に、いい、おあしがなくても慎ましく暮らせたら十分だって、どこかで期待してたけど。やっぱり無理なんだわ」

きっと姦巫の血に取り憑かれているのね、と朱崎の母はつぶやいた。

「おっ母さん、あたし、捨てられるの？」

不安そうな朱崎の声。瑠璃はいたたまれなさで胸が詰まった。

「違う。あなたは今から宗家に、黒羽屋に行くの」

「遊女に、なるのね」

「ごめんなさい、他に頼る当てがなくて……本当にごめんね」

母は地面に膝をつき、娘をひしと抱き締めた。朱崎は半べそをかいていたが、母の前で涙を流すことはしなかった。

「平気だよ。吉原なら白いおまんまを食べられるって聞いたことがあるもの。綺麗なべべも着られるって。だからおっ母さん、泣かないで」

朱崎の母は肩を震わせていた。やがて、娘を元気づけるように言葉を紡ぐ。

「宗家からは辛く当たられるかもしれない。けれど大丈夫よ。自分ではわからないだろうけど、こんなべっぴんさんならきっと吉原で歓迎してもらえるわ。だからどうか、幸せに……」

虫の音がいやにうるさい。次の記憶は真夜中の水田地帯だった。

「また場所が移ったのか」

双子が辺りをきょろきょろと見渡す。

やけに周辺が明るいので上空を見上げた瑠璃は、夜空に巨大な注連縄が浮かんでいるのを目に留めた。

「あ、あそこっ」

栄二郎が声を上げる。

見ると前方に、二つの人影があった。黒い着流し姿の二人はどちらも女だ。二人の前には身をよじらせる影。額の突起物からして、鬼であることがわかった。

よりよく見ようと近づいた瑠璃たちの耳を、突如として鬼の叫び声がつんざいた。

鬼の体には白く光る鎖が巻きついている。それにより身動きが取れなくなっているようだった。

「朱崎、今よ」

女の一人が発した声に、瑠璃は覚えがあった。が、どこか違和感がある。

声をかけられた女が頷く。女は顔に能面を着けていた。瑠璃が任務で装着するのと同じ、泥眼の面。

女は成長し、三代目頭領となった朱崎だった。

朱崎は小刀で指先に傷をつけ、地面に血を滴(したた)らせる。

「玉菊、お願いね」

呼びかけに応じ、地面から遊女が一人、姿を現した。

菊水文(きくすいもん)に雪持ちの枝垂れ柳(しだれやなぎ)が揺れる仕掛。蓮華(れんげ)と九曜文(くようもん)の前帯。眉下には血文字で「封」と書かれた白布が括られ、遊女の目を覆い隠している。

優雅な出で立ちに反して、額や頬、顎には大きな痣(あざ)やおできが点在し、遊女の顔を痛々しく歪ませていた。

「あれが、玉菊か」

瑠璃の口から自ずと声が漏れ出た。

「きっと綺麗だったろうに、毒であんなに顔が爛れて……」

豊二郎も声をくぐもらせている。

三人が見守る中、朱崎は玉菊へと歩み寄った。玉菊を背中から抱き締め、顔にかかる白布を鬼に向かって持ち上げてみせる。

鬼の断末魔が辺りに響き渡り、瑠璃たちは身をすくめた。しばらくの絶叫の後、鬼は夜闇に霧散した。

「玉菊、どうもありがとう。いつもお疲れ様」

鮮やかに鬼退治を終えた朱崎は、傀儡の肩をなぞるように優しくさすっている。

その仕草を見た瑠璃は、盲目の朱崎がなぜ鬼退治をこなせるようになったか、理由が腑に落ちた。

「検校(けんぎょう)の客に聞いたことがある。目が見えなくても、聞いて、触れて、感じることができるんだと」

「そっか、なるほど。見世に来る按摩の人たちも、見えてるんじゃないかと思うくらいシャキシャキしてるもんね」

盲目であるがゆえに、朱崎は視覚以外の感覚を使ってまわりの気配を察知し、目で見るに近い状態になっているのだ。太夫としての接客業、さらには危険な鬼退治の任務をこなすべく、感じる能力が急速に発達していったのだろう。

朱崎は玉菊から体を離していた。傀儡の残像が、徐々に消えていく。姿が消失する最後の瞬間まで、朱崎は労るように玉菊の手を握っていた。

「三代目なんて、荷が重いわね」

苦笑する朱崎に対し、結界を張っていた女は黒扇子を下ろし、うなだれていた。

「本当なら、あたしが頭領を継がなきゃいけなかったのに。でもあたしには傀儡師の力がなかったから……ごめん、朱崎」

朱崎は、ううん、と首を振っていた。

「いいのよ、結界だって任務には不可欠なんだから。気にしないでね、お喜久ちゃん」

「お喜久ちゃんっ？」

双子は仰天したように声を裏返していた。

「お前ら、気づいてなかったのかよ」

瑠璃は呆れたように二人を見やった。ただ双子がわからなかったのもむべなるかな、少女時代のお喜久の態度や素振りは、瑠璃たちが見知ったお内儀のものとはかけ離れていた。目の前にいるお喜久は気弱そうだが、感情は豊かに見える。顔の輪郭もふっくらとして健康的だ。後に頬のこけた冷たい面構えになるとは、とても信じられない。

——お内儀さん、過去に何かあったのか？

このまま楢紅の追憶をすれば、見えてくるのだろうか。瑠璃は思案げに、少女の笑顔に目を眇めた。

「朱崎はすごいよ。玉菊の呪いは強すぎて、寄り添うことなんて不可能だって言われてたのに。会話、できるんでしょう？」

「うん、少しだけどね。玉菊の気持ちを理解してあげたいって思ってたら、玉菊も応えてくれるようになったのよ」

次なる記憶に移った時、瑠璃たちは自分たちがいる場所がどこか、直ちに気づくことができた。

「わっちの部屋じゃねえか」

黒羽屋にある、瑠璃の部屋。歴代の花魁たちが使用していた部屋であり、時の太夫、朱崎も同じであった。

「どうしてくれるんだ、御簾紙はちゃんと使ってたのかいっ？」

でっぷりと太った女が、朱崎に詰め寄っていた。

風貌を見るからに当時のお内儀、お喜久の母であろう。即ち黒雲の二代目頭領である。

「申し訳ござんせん、お内儀さん」

朱崎は畳に横座りをし、帯に手を当てていた。瑠璃は大人になった朱崎の素顔を眺めた。

両目をつむった朱崎は鼻筋が通り、恐ろしいほどに整った顔立ちをしていた。髪結いの前なのか、胸の下まで豊かに伸びた髪が黒々と波打っている。やや吊り上がった目が開いたならば、より美しさが増すことだろう。

朱崎の腹は、わずかに丸みを帯びていた。

——妊娠、か。

男との房事を生業(なりわい)にする遊女にとって、そして遊女を抱える妓楼にとっても、妊娠は重大な足枷(あしかせ)になる。しかし避妊の対策はといえば、せいぜい御簾紙という柔らかい和紙を嚙んで丸め、膣(ちつ)内に忍ばせておくくらいしかなかった。無論、万全からは程遠く、いくら気をつけろと言われたところで無理な話なのである。

「姐さま、あまり気を落とさないで。大丈夫よ」

朱崎の横には眉を八の字に下げた、幼気(いたいけ)な一人の新造。朱崎の肩を抱き、怒声を張るお内儀をおっかなびっくりといった風に見上げている。

「あの新造……」

瑠璃は片眉を上げた。双子へと視線を送る。双子もまた、朱崎の横にいる新造に目を奪われていた。

「何が大丈夫なものか。孕まれちまったが最後、こっちの商売は上がったりさ。お前は恩を仇で返すのかい？　ええ？」

お内儀は憎らしげに朱崎へ目を据える。

「今さら分家に情けをかけてやる義理もなかったし、ましてや目が見えない女なんて突っぱねられて当然。だがお前には傀儡師の力があった。それと器量のよさがなけりゃ、お前はここにいられなかったんだ。わかってるのか」

朱崎は返す言葉もないようで、力なく下を向いていた。

江戸の社会は忠義や孝行を大事にはするが、一方では弱い者に冷たいという面もあわせ持っていた。目や手足が不自由なことは、当人がどうすることもできぬ問題だ。されど心ない者や口さがない者は彼らを罵倒、揶揄し、あげつらいたがる。弱者に対する配慮を欠いていても、非道と捉えられることはない。中には彼らを平気で見世物にして金を稼ぐ者までいるくらいだ。

おそらく朱崎もこれまで、数々の嘲罵や雑言を浴びせられてきたことだろう。太夫の職柄を考えれば味方も少なかったに違いない。

花魁というだけで敬遠されがちな瑠璃は、いつしか朱崎に強い共感と同情を寄せていた。

「お、お内儀さん、そんな風に言わなくても……」

「黙ってな鈴代、今はお前の姐さんと話をしているんだ」

横にいる新造は朱崎の妹女郎らしい。お内儀にきつく一喝され、亀の子のように首を縮こめている。

妹女郎のおびえ具合を察してか、朱崎の顔色が変化していた。意を決したようにお内儀へと顔を向ける。

「妊娠してしまったことは確かにわっちの不用心でした。ですがお内儀さん、お腹の子に罪はありません。どうかお願いです、産ませてください」

丁寧に、しかし熱をこめてお内儀に訴える。お内儀は不満たっぷりに歯を剝き出し、朱崎をねめつけていた。

「……出養生で必要な費用はお前持ちだよ」

「それじゃあ」

「太夫の位に就けていることに感謝しな。ただし、産まれてくる子は見世で引き取る。子持ちの太夫に客がつくわけもないからね」

朱崎は愁眉を開き、深々と頭を下げた。

お内儀が部屋を出ていった後、鈴代が嬉しそうに朱崎の手を取った。

「よかったね姐さん、これからは今まで以上に体を大事にしないと」

「鈴代、ありがとう。お前がいてくれたおかげで勇気が出たよ」

朱崎は閉ざされた目尻を和ませた。鈴代は、元気に産まれておいで、と姉女郎の腹を慈しむように撫でている。

「そうだ、お前に見せたいものがあるの」

朱崎はふと思い出したように立ち上がり、納戸へ向かった。部屋にあるもの一切の位置を完璧に把握しているのであろう、足取りは確かだ。ただ癖なのか、探るように手を宙に這わせていた。

戻ってきた朱崎の手にあったのは、一本の簪であった。

「わあ、綺麗な蝶々ね」

鈴代は簪の意匠に目を輝かせている。

「気に入った？　なら受け取ってちょうだいな」

「え、この簪をわっちに？　こんな高そうなものを」

「お前に似合うと思って買ったんだもの。見えないけど、なぞっていたらこれは鈴代に贈りたいなと思い始めて」

朱崎はいたずらっぽく笑った。鈴代も顔をほころばせ、さっそく簪を髪に差しこんでいた。

「ああ、もしも目が見えるようになったなら、お前の顔も、産まれてくる子の顔も、しっかり心に刻むことができるのに」

朱崎は妹女郎の頬を愛しげになぞる。

「……うん。わっちも、この簪を差してる姿を見てほしいな」

微笑みあう二人の様子は、まるで本当の姉妹のようだ。

――わっちもひまりと、こんな風になれたらな。

瑠璃は心で、暗い表情ばかりの妹女郎を思っていた。

菓子を与えるという安直な方法でひまりを手懐けようとしたことが、ひどく恥ずかしくなった。朱崎は小手先ではなく、心から妹を思い、贈り物をしている。物の違いではない大きな差異がある気がして、瑠璃は自然と己の行いを省みていた。

「姐さん、この子が産まれたら何て名前をつけるの？」

「もう、気が早いんだから。まだ六月くらい後のことよ」

「いいじゃない、今から考えようよ。わっちなんて身籠ってもないけど、自分の子が産まれた時の字、考えてあるよ？」

「鈴代ってば、そういうこと考えるの本当に好きよね」

呆れたように嘆息する朱崎だが、話に乗る顔つきは楽しげでもある。鈴代が聞いてほしそうに姉女郎の袖を引っ張った。

「はいはい、どんな字にするの？」

「〝豊〟か〝栄〟の字がいいと思って。どうかな」

ぼんやりしていた瑠璃は一転、息を呑んだ。傍らにいる双子からも、衝撃を受けている気配が伝わってくる。

「だって〝豊かに栄える〟って、とっても縁起がいいじゃない」

「ふふ、それじゃ二人も産まないといけないわね。気が早いにも程があるけど、鈴代ならきっと、いいおっ母さんになれると思うわ」

瑠璃は双子の肩に手を添えた。二人の肩は当惑気味に震えている。

――もしやこの鈴代って女、こいつらの母親なのか？

はっきりとは確証が持てないのだが、しかし雰囲気も双子と似ているように思えた。仮に鈴代が双子の母であるならば、鈴代は後に命を落とし、鬼になってしまったということになろう。

と、瑠璃の脳裏をあることが掠めた。

錠吉と権三が言っていた、地獄で聞こえる叫び声の噂。二十年ほど前に黒羽屋にいた新造。もしや今が、その頃に当たるのではないか。

――地獄にいる黒羽屋の妓って、まさか……。

次の瞬間、瑠璃たちの目に飛びこんできたのは血だった。

「嫌あああっ」

絹を裂くような声が響く。悲鳴を上げていたのは鈴代であった。

畳にへたりこむ鈴代の視線の先には、白髪の朱崎。足元にはお内儀の死骸が転がっていた。息絶えたお内儀の目からは、夥(おびただ)しい量の血が流れ出ている。

「嘘つき……」

朱崎が、お内儀の死骸に向かってつぶやいた。

白髪になった朱崎は、楓樹の仕掛をまとっている。背を向けているため、どんな表情をしているのかはうかがうことができない。

そこに、鈴代の悲鳴を聞きつけたお喜久が飛びこんできた。

「おっ母さん……朱崎、どうして……」

愕然と声を漏らすお喜久。朱崎は背を向けたままだ。

「わっちのややこを、どこへやったの」

お喜久の顔がたちまち強張った。何度も口を開いては閉じ、返答に窮していたが、ようやく絞り出すように言った。

「里子に、出したの。あたしは止めたんだけど、おっ母さんは聞かなくて、それで」

どうやら赤子を見世で育てるという約束は、反故(ほご)にされてしまったらしかった。

この事実に、豊二郎はいきり立っていた。

「ひどすぎるだろ、何のための約束だったんだ」

「多分、産まれてきたのが男だったからだろう。端(はな)っから約束を守るつもりなんてなかったんだ」

お内儀の態度から、瑠璃はこうなることを予測していた。

産まれてくる赤子に傀儡師としての力がなくば、女なら遊女に。男なら商品にもならない上、若い衆として使えるようになるまで育てる金も手間もかかるからと、里子に出す計画だったのだ。

「黙っててごめんなさい、でも、どうしても言えなくて」

お喜久は震える声で謝罪した。

「朱崎、どうか落ち着いて。ややこは椿座の旦那、惣右衛門さまが引き取ってくださったの。あなたの子ならと二つ返事で受けてくれたわ」

瑠璃は頭を殴られたような錯覚に陥った。

――今、何て……?

「あなたもわかるでしょう、あの方ならややこを悪いようにはしないはず。黒羽屋にも連れてくるとおっしゃっていたわ。二度と会えないわけじゃないのよ」

必死になだめるお喜久。一方、朱崎の肩は震えていた。泣いているのだろうか。

ところが、朱崎の口から出てきたのは低く、不穏な笑い声だった。

「馬鹿ね、あなたたちは、本当に」

「朱崎……?」

「浮世がこんなにも美しくて、醜いものだったなんて。何だか生まれ変わった気分だわ」

含みのある言い方に眉をひそめたお喜久は、はたと畳に落ちているものへ目をやった。

朱崎の背後には白布が落ちていた。中心に浮かぶ、赤い「封」の文字。玉菊を封じていた白布である。

「玉菊がね、可哀相なわっち、に、力をあげる……言ってく、レタ、ノ」

朱崎が発する声の変化に、お喜久の顔には今や戦慄が走っていた。

「なあ瑠璃、もしかして朱崎は」

「ああ。今の朱崎はもう人じゃない、生き鬼だ。きっと生き鬼になれば子どもを取り返せると玉菊に言われたんだろう。力を得られれば復讐も叶うとな」

玉菊と心を通わせていた朱崎は、玉菊のささやきによって生き鬼になることを選んだのだ。玉菊が入れ知恵をしたのは朱崎に同情してか、はたまた自身と同じ道へ引きずりこもうとしたのか、今となっては判別する術がない。朱崎は生を受けてから渇求してきたであろう目を——生き鬼の目を手に入れ、憎きお内儀を呪い殺した。

見ればお内儀の体は今や、柔い砂人形かのごとくぼろぼろと崩れ、空気の中へ消え入ろう

としている最中であった。

「ねえ朱崎、玉菊は……もしかして、消滅させたの……？」

問いかけるお喜久の声は、恐怖に支配されていた。

朱崎は傀儡師としての才にあふれる女だ。生き鬼となったことで得た呪いの力が、玉菊の力を凌駕(りょうが)したと考えられた。溜まりに溜まった恨みつらみが爆発し、近くにいた玉菊を無に帰してしまったのだろう。

瑠璃は事の成り行きを見守りながら、この後に何が起こるか、すでに当たりをつけていた。

「お前らはもう目をつむってろ。後はわっちが見届けるから」

心が成熟しきっていない豊二郎と栄二郎に、この先の悲劇を見せたくはない。だが、二人は目を背けようとはしなかった。

「嫌だ。おいらたちも、ちゃんと最後まで見るよ」

「見届ける責任は俺たちにも、あると思うんだ」

双子の声からは恐れとともに、臆したままではいられぬという、強い意志が感じられた。

瑠璃は静かに頷き、前方を見据えた。

「ジゴク……シンノゾウ……ノロワレ、ロ」

お喜久は部屋にある鏡台へ視線を走らせていた。鏡には朱崎の後ろ姿が映っている。鏡を見ながら、お喜久はじりじりと足を動かし始めた。

「お内儀さん、何をするつもりなんだろう」

「鏡で朱崎の位置を把握してるんだ。呪いの目を見ないようにな」

お喜久は鏡を見ながら白布を拾う。朱崎が振り返ろうとするや、お喜久は強く目を閉じ、朱崎の顔に白布を強引に押しつけた。

「ヤ、メテ……」

お喜久は手探りで素早く白布の紐を括ると、経文を唱えた。

強烈な朱崎の呪詛が、部屋中に響き渡る。

この恨みを決して忘れない。お前らが忘れることも許さない。たとえ自分を封じようとも、いつか必ずや怨恨を継ぐ者が現れ、復讐を遂げることだろう。

長く不吉な呪詛を放った後、ついに朱崎は沈黙した。微笑みを浮かべ、わずかに宙に浮いている。

望んでいた目は、空しくも白布で遮られてしまった。

「許して、朱崎。許して……」

お喜久の泣く声が、瑠璃たちから遠くなっていった。

檜紅の記憶は、ここで途切れた。

七

目覚めた三人は、冷たい地面に横たわっていた。

薄く開けた瑠璃の瞳に、自分をのぞきこむ権三の顔が映る。

「頭っ。ああ、豊、栄も。よかった、呼びかけても反応しないし、どうすりゃいいのか途方に暮れてたんですよ」

権三は眉をこれでもかと下げ、心底から安堵の息を漏らしている。

「お前たち、起きられるか」

「……うん」

豊二郎と栄二郎は錠吉に手を貸してもらい、半身を起こしていた。

瑠璃たち三人は追憶を終え、無事に現実へと戻ってきたのだ。

「檜紅」

瑠璃は権三に支えてもらいながら、自分の傍らに浮いている傀儡を見やった。

辺りは生き鬼の瘴気が微かに澱(よど)んでいるばかりで、気を失った時と些かも変わらぬ有様だ

った。まるで何も起きなかったかのように。

楢紅が語りかけてくることも、もうなかった。

「礼を言うよ楢紅……今度こそ、戻ってくれ」

瑠璃の言葉に呼応して、傀儡の輪郭が薄れていく。紅色の微笑はゆっくりと、夜の闇に溶けていった。

頭がひどく重い。倦怠感に襲われるのを感じつつ、瑠璃は双子を一瞥した。怒濤の勢いで過去を見せられた二人の顔には、陰鬱な影が差している。

せっつくように何が起きたか問う錠吉と権三を制し、黒雲の五人は近くにあった空き家へと場所を移した。

「惣之丞が朱崎の息子だったなんて、青天の霹靂とはこのことだよ。そう考えてみりゃ朱崎は、今の惣之丞と顔つきがそっくりだ」

瑠璃は重く言葉を継ぐ。

「だからあいつ、楢紅を欲しがってたんだ。あいつにとって楢紅はただの傀儡じゃない。何せ、実の母親だからな」

楢紅の記憶に誘われたこと、そこで見聞したことを語ると、錠吉と権三は驚愕していた。

「惣之丞は分家の末裔だったということですか。姦巫一族の正統な血が流れていたと？」

「先代のお内儀は、惣之丞が傀儡師の力を持っていないと思ってた。でもそれは勘違いで、

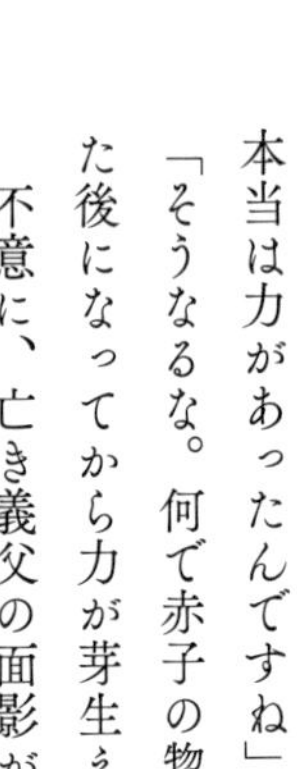

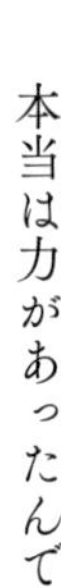
本当は力があったんですね」

「そうなるな。何で赤子の惣之丞に力がないと判断されたかはわからねえが。里子に出された後になってから力が芽生えるなんぞ、当時の黒雲にとっちゃ皮肉な話だ」

不意に、亡き義父の面影が瑠璃の胸に迫った。

惣右衛門には妻がいなかった。朱崎とお喜久の最後の会話から察するに、惣右衛門は朱崎太夫に惚れこんでいたのであろう。だからこそ誰が父親とも知れぬ惣之丞の里親になり、彼を育て上げた。

惣之丞を引き取った頃、惣右衛門は椿座を立ち上げたばかりであった。太夫の身請け金を工面することができず、せめてもと朱崎の子を引き取ったに違いない。後に瑠璃をも拾い、養子が二人になっても妻を娶らなかったのは、かつて愛した朱崎を忘れられなかったからなのかもしれない。

――父さま。あんたは大した馬鹿野郎だよ、本当に。

「それで、その、鈴代という新造は……」

権三が言いよどんで、豊二郎と栄二郎を見やる。双子は今も追憶の中にいるかのように、困惑した面持ちをしていた。

「鈴代があの後どうなったかはわからなかった。ただ、わっちは、あの鈴代こそが二人の母親だと感じたよ」

「でもっ」

豊二郎が勢いよく顔を上げた。

「でも、俺たちの母親は浄念河岸の端女郎だったはずだ。黒羽屋にいたなんて聞いてない」

楢紅の記憶に母らしき人物を見るとは想像だにしていなかったのだろう、豊二郎は叫ぶように言うと頭を抱えた。栄二郎も真っ青な顔で俯いている。

たとえ信じたくなくとも、鈴代が実の母であることは、二人の心に疑いようのない事実として突き刺さっていた。血が繋がっているからこそ、会った記憶がなくとも肉親だと実感することができよう。

瑠璃は腕組みをし、鈴代のあどけない笑顔を思った。

なぜ鈴代は黒羽屋を離れ、端女郎になったのだろうか。そして何ゆえ、鬼になってしまったのか。どんな嘆きを抱いて死し、鬼になったかは、知れぬままだった。

「端女郎の鬼……目撃されたという話は、聞いたことがありません。もしかしたら鬼になって吉原から離れたのかも」

錠吉は言って、口を閉ざした。

時を整理して考えてみると、鈴代が鬼になったのは双子を産んだ年であり、朱崎が楢紅として封印されてから数年も後の話である。したがって黒雲には、頭領の跡目となる者がいなかったはずだ。鬼になった鈴代を、退治できる人物がいないのである。お喜久なら退治でき

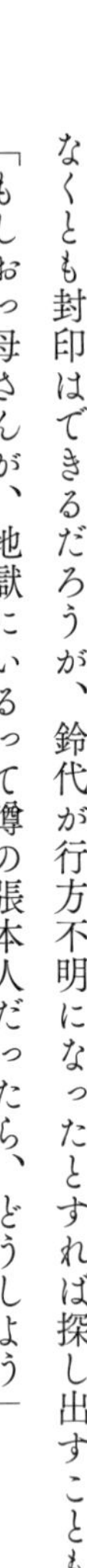

なくとも封印はできるだろうが、鈴代が行方不明になったとすれば探し出すことも難しい。

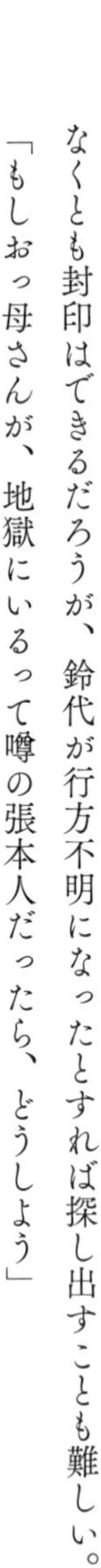

「もしおっ母さんが、地獄にいるって噂の張本人だったら、どうしよう」

ぽつり、と栄二郎がつぶやいた。

鬼になった鈴代が、今は地獄に囚われているとしたら。地獄で聞いたとされる女の恐ろしい悲鳴。どんな苦痛を強いられているのか、考えることすら憚られた。

「二十年前に黒羽屋にいた新造は他にもたくさんいる。地獄にいるのがお前たちの母親と決めつけるのは早いだろう。そもそも噂の真偽だって定かじゃないんだから」

権三が優しく声をかけるも、焦燥に駆られた双子には逆効果だった。

「なら母ちゃんはどうなったんだ？　俺たちはてっきり、鬼になったのを知っててお内儀さんが放っておくわけないって、母ちゃんは先代の黒雲に退治されたんだって、思ってたのに」

豊二郎は食ってかかるように叫んだ。そうでもしないと心を落ち着かせられないのだろう。

「こうしちゃいられねえ。退治されてないなら、母ちゃんは今もどこかに……」

「鈴代は、消えたのかもしれない」

黙って思案を巡らせていた瑠璃が、声を発した。豊二郎が眉根を寄せる。栄二郎も兄と同じようにして瑠璃へ目を転じた。

「わっちが椿座にいた頃、鬼も黒雲のことも何も知らなかった時のことだ。こんな話を聞いたことがある」

当時の瑠璃は、鬼の存在を単なる伝承としか捉えていなかった。過去に聞きかじった鬼の末路も、記憶の奥底に埋もれてしまっていたのである。

瑠璃は組んでいた腕を解き、双子を見つめた。

「深い怨恨を抱いて死に、鬼となった者は、生者を死に至らしめる。加持祈禱も何も施されない場合、鬼は無尽蔵に殺人を繰り返していく。けど、退治されずに放置された鬼は、いずれ人としての自我を失った獣になり、朽ち果てていく、とな」

双子は鼻に皺を寄せていた。

「ほら、巷に広まる怪談だって、数年も経てば誰の口にものぼらなくなるだろう。人に忘れられるのは存在が消え失せたからだ。幽霊にも、強靭な鬼にも、寿命があるってことさ」

昨年の夏、六郷の土手で退治した犬鬼のことを瑠璃は引き合いに出した。一年間も退治されずに放置された犬鬼は、己が怨恨の由来も忘れかけ、恨みの言葉も途切れ途切れだった。かの鬼もまた、獣になりかけていたのではなかろうか。

しばしの間を置いてから、錠吉が言葉を迷わせつつ胸の内を語った。

「不思議だったんです。朱崎太夫の三代目黒雲と、俺たち四代目には長い空白の期間がある。その間の鬼退治はどうしていたのかと」

自問自答するように錠吉は続けた。

「長いこと、鬼は放置されるだけだったんでしょうね。お内儀さんには傀儡師の力がない。退治をしたくとも、一人ではできませんから」

五人の間に沈黙が流れた。

個体差はあろうが遅かれ早かれ、「ただの鬼」は寿命を迎える。退治がなされなくとも、いずれ消えていく運命にあるのだ。半永久的に存在を許され、年を取ることもない「生き鬼」を鳩飼いが重要視するのは、このためとも考えられた。

だが寿命を待つ間、鬼による被害が出ることは火を見るよりも明らかだ。朱崎を封印した後、お喜久は一人、どんな気持ちで日々を過ごしていたのだろう。

「おっ母さんはもう、消えちゃったのかな」

消え入りそうな栄二郎の声。豊二郎も弟の顔をはっと見て、下を向いてしまった。

地獄の噂も、果たして鈴代とは関係のないものだったのだろうか。鬼の寿命を鑑みれば、二十年ほど前にいた新造が地獄にいるという噂は俄然、信憑性に欠ける。あれは単なる噂に過ぎないのか。

「悲鳴の主が誰かはわからんが、どちらにせよ、必ず救出してみせるさ。そういえば権さん、地獄について新しくわかったことがあるんだったよな?」

話題を振られ、権三は硬い表情で首肯した。

「はい。あれからも何度か地獄を張りこんでいたら、また惣之丞が現れたんです」

権三と行動をともにしていた錠吉も言葉を継ぐ。

「新規の客に挨拶をするべく、地獄を訪れたようでした」

会話を盗み聞きしてみると、その日の客は札差だったらしい。そして以前に惣之丞が現れた時の客も、見るからに富裕そうな身なりをしていたという。

「ふうん……なるほどな。二人ともご苦労、調査はこれくらいで十分だ」

瑠璃はおもむろに立ち上がった。

「そんなら黒雲も、そろそろ動くとしようか」

「頭、どうするおつもりで」

空き家の天井を振り仰ぎ、瑠璃は大きく深呼吸をする。

「思いついたんだ。惣之丞を締め上げる算段を」

男衆が驚いたように頭領へ視線を注いだ。

「鳩飼いの後塵を拝するのはここまでだ。見てろよ、惣之丞の無駄に高い鼻っ柱を、完膚なきまでにへし折ってやる」

瑠璃はニヤリ、と不敵な笑みを浮かべてみせた。

明くる日の夜、瑠璃は身揚がりをした。

仮宅を出てとある用事を済ませ、戻ってくると、自室にひまりの姿がないことを確かめる。今日もお勢以にこき使われているのだろうか。姉女郎らしくかまってやる時間をなかなか取れないのが、歯がゆく思われた。

事が落ち着いたら、ひまりとじっくり話そう。今度こそ、腰を据えて。瑠璃はそう心に決めた。

「炎、いないのか？」

掛布団をめくってみても、さび猫はいない。また散歩に出かけてしまったのだろう。自由気ままな猫が一つところに留まることはないのだ。

瑠璃はやれやれと嘆息をして、納戸に足を向けた。重厚な越前簞笥（たんす）の前に立ち、一番下の抽斗（ひきだし）を開ける。地獄に赴く前に妖刀の手入れをするためだ。飛雷は普段、この抽斗の一番底に隠してある。

いつもなら簞笥に入れて放ったらかしにしているのだが、地獄のことを考えるとどうにも落ち着かず、何かしら動いて気を紛らわせたかった。重ねてある衣裳を乱雑に引っ張り出していく。一枚、さらに一枚。

「あれっ？」

そのうち、瑠璃の面立ちには焦りが浮かび始めた。衣裳をどけてもどけても、黒刀の形が見えてこないのだ。

とうとう抽斗の底板にまで辿り着いてしまった。

「どうして……出かける前は、確かにあったのに」

瑠璃は荒っぽく上の抽斗を開いた。衣裳を次々に引っ張り出す。さらに上の段、一番上まで確認しても、飛雷は見つからない。

「そんな馬鹿なっ」

瑠璃は慌てて部屋中の探索を開始した。三ツ布団をひっぺがし、座布団の山を崩し、大小の関係なくありとあらゆる抽斗を開けてみたが、妖刀はどこにも見当たらない。

「ここにもないっ。何でだくそ……仕方ねぇ」

動揺に息を荒くしていた瑠璃は、目を閉じ、胸元に手を当てた。

飛雷の半分は瑠璃の心の臓に移植されているため、胸から召喚することもできる。が、単に鞘から引き抜くのとは勝手が違い、この方法には気力の消耗が伴う。あまり気が進まないものの、今はそんなことを言っている場合ではない。

妖刀を胸から召喚すべく、意識を集中させる——しかし。

「反応が、ない……？」

血の気がいっぺんに引いていくのを感じた。倒れこむようにして鏡台へ駆け寄る。襟をぐいと開き、鏡で胸元を確認する。

「印は……あるじゃねえか」

瑠璃の胸元には刀傷のような痕と、それを囲む三点の印があった。飛雷が心の臓に封印されている証である。

もしや飛雷が消滅したのではと思ったのだが、よくよく考えてみるとそんなはずはない。では妖刀はどこへ行ったのか。なぜ胸から出すこともできないのか。

瑠璃はぐるぐると部屋中を歩きまわりながら、忙しない頭でどうすべきか思索しようとする。

ガタッ。

天井裏で、何かが動く気配がした。

「印があるなら刀は消えていない。わっちの呼び方がいけねえのか？　もっと精神を統一すれば」

ガタタッ。

「炎の奴、何でこんな時に限っていねえんだよ。探しに行くか？　でもあいつ、意外と遠くまで行くからな……」

ガタガタガタッ。

「だああっ、うるせえ鼠だなあっ」

癇癪玉が破裂したと同時に、栄二郎が部屋の襖を開けた。

「どうしたの花魁……って何これ、こんなに散らかして」

衣裳や小間物が散乱している有様を見て、栄二郎は目を丸くした。一緒に来ていた豊二郎も、弟の背後で口を半開きにしていた。

「お前これ、ひまりに片づけさせるつもりか？　可哀相に」

「いいとこに来たな、お前らこっちに来い」

訝しげな顔をする双子を、瑠璃は納戸まで強引に引っ張っていった。

「飛雷が見つからなくて探してたらよ、鼠が天井裏でガタガタうるせえんだ。つかまえるからどっちか肩車しろ」

「えっ、飛雷、なくなっちゃったの？」

「あんなでかいモン、よくなくせるな。日頃の整頓を怠けてるからだぞ。つうか鼠なんて後でいいだろ」

呆れ顔で言う豊二郎を、瑠璃はきっと睨んだ。

「胸から召喚するのに精神統一したいんだ。やかましい音がしてたらうまくいかん。ぶつぶつ言ってねえでほら、しゃがめっ」

冷静さを欠いている瑠璃に、双子は反抗のしようもなかった。渋々といった面持ちで豊二郎がしゃがみこむ。

「ぐ、重……」

「お前、後ではっ倒すからな」

「兄さん頑張ってっ」

豊二郎が足を踏ん張り立ち上がる。天井に近づいた瑠璃は、板が一枚、わずかにずれているのに気がついた。怒りに任せて殴りつける。板は脆くも外れ、畳に落ちた。

後で叱られることは必至だが、そんなことは今、露ほども念頭になかった。

「よおし、待ってろよねず公め……」

豊二郎の肩を踏んづけ、空いた天井の板に腕を引っかける。威勢よく天井裏をのぞきこんだ瑠璃は、しかし、そのまま固まってしまった。

「なぁにしてんのお前は？」

信楽焼の付喪神、お恋が、天井裏でじたばたと身をよじっていた。口と全身を縄でぐるぐる巻きに縛られている。

「んんっ」

お恋は瑠璃に気づき、縛られた口から声を漏らした。何事か訴えたいらしい。

しかめっ面で狸を凝視していた瑠璃は、ふと、一つの考えに思い至った。

「はっ。そうか、妖にも色んなお楽しみがあるんだな。邪魔してすまん、知らなかっ……」

「んんんんっ」

お恋が天井裏を転がりまわって否定するので、瑠璃は我に返って狸へと手を伸ばした。

「お恋ちゃんっ。どうしたの、こんな趣味があったの？」

豊二郎が弟を無視してお恋の縄を解いてやる。この三人の中で最も常識があるのは、意外にも豊二郎なのかもしれない。

「ぷはあっ。豊二郎さん、ありがとうございますうっ。あのまま天井裏で一生を過ごすのかと思いました」

「ええと、それで？　何だってあんなとこで縛られてたわけ？」

ようやく平静を取り戻した瑠璃は、自らの勘違いをごまかすように咳払いをした。

「花魁、飛雷さんが、盗まれちゃいました」

「盗まれただと？」

瑠璃は眉を吊り上げた。片やお恋は畳の上で塩垂れている。

「それで探しても見当たらないのか。ていうかお前、盗まれたところを見てたんだな」

窃盗の瞬間を目撃したお恋は、下手人によって縛られ、天井裏へ押しこめられてしまったようだった。

「下手人の目星ならついてる。なあお恋、そいつは細身で上背のある男じゃなかったか？目がこう、二重でちょっと吊り上がってる奴だよ」

お恋はぶんぶんと首を横に振った。まるで何かを恐れるかのように固く口を噤んでいる。

「お恋っ。どうして答えないんだ、盗人の顔を見たんだろう？　飛雷を取り返さにゃ話にな

らん。さっさと吐けっ」

どれだけ怒鳴ってみても、お恋は下手人の名を言おうとはしなかった。

付喪神の頑なな様子を見るうち、瑠璃の中で答えが出た。

「……わかった。こまだな」

お恋はがばっと顔を上げた。まん丸の目が激しく泳いでいる。どうやら図星のようであった。

「お前がここまで庇い立てするのはあいつしかいない。ということは、やはり惣之丞の差し金か」

大事なものと、地獄で再会する。

瀬川の占いが瑠璃の耳に蘇った。

「飛雷に狙いをつけてくるとはな。先手を打たれちまったが、やるべきことは変わらねえ」

瑠璃は大きく舌打ちすると、踵を返した。

「豊、栄、行くぞ。錠さんたちともう一回、作戦を練りなおさにゃ」

「待ってくださいっ」

部屋を出ていこうとした瑠璃は、足に重みを感じて立ち止まった。

お恋が短い手足を絡ませ、瑠璃にしがみついていた。

「離しなお恋」

「飛雷さんを守れなかったの、私のせいです。こまちゃんが飛雷さんを持っていこうとするのを見て、止めようとしたけど、負けちゃって……ごめんなさい」

瑠璃はお恋の姿をはたと見下ろした。首にかけた笠が、ぼろぼろになっている。

お恋は妖刀が瑠璃にとって重要な代物であると知っていた。盗人のこまと揉みあって刀を取り返そうとしたものの、力が及ばなかったのだろう。

「何でお前が謝る？　いいか、こまは敵なんだ。裏切り者を許してやるほどわっちはできた女じゃねえ。お前もいい加減あいつのことは忘れろっ」

お恋を引きずったまま進もうとする。だがお恋は、瑠璃の足を離さなかった。

「花魁、少し話を聞いてあげようよ」

栄二郎に諭され、瑠璃は心ならず足を止めた。必死に足元にしがみつく、小さな狸を見つめる。お恋の体は震えていた。

平素のお恋であれば、瑠璃が凄むとたじたじになり、すぐさま降参するはずだ。ところが今は微塵も退く様子がない。瑠璃の怒りにおびえつつも、まっすぐに瞳を見上げてきた。

「お願い、です、花魁」

お恋は涙をこぼしていた。

「こまちゃんを、怒らないであげてください」

妖の目から大粒の涙があふれ出ては、しとしとと瑠璃の足に伝う。しゃくり上げながら懇

願する様相に、瑠璃の胸はずき、と痛んだ。されどここで仏心を出すわけにもいかない。鳩飼いが喧嘩を吹っかけてくるのなら、黒雲も買わぬわけにはいかないのだ。

瑠璃はお恋に向かって冷たく言い放った。

「あいつはお前を縛って天井裏に閉じこめたんだぞ。お前だって裏切られたようなモンだろう。なのにどうしてそこまで……」

「こまちゃんはいい子です、私の大事なお友達なんです。飛雷さんを盗ったのだって、きっとのっぴきならない事情があるからで、だから、お願いですっ」

力の弱い付喪神を払いのけることなど容易いが、いつも陽気に歌い踊る無邪気なお恋に、手荒なことはできなかった。

瑠璃は困り果てて目で双子に助けを求めた。双子もまた、お恋をいかにしてなだめすかすべきか、考えあぐねているようだった。

深くため息をつき、瑠璃は腰を屈めた。

「お恋。よく聞け」

目を潤ませる妖を見ると、心が大きく揺らいだ。瑠璃は迷いを内に押し留めるように、顔を力ませた。

「どんな理由があろうと、こまのしたことを許すわけにはいかない。落とし前ってモンがあるからな」

「そんな……」

「だが、命を取るようなことはしない。お前の言うとおり、あいつにも惣之丞に従わなきゃならん、事情があるかもしれねえからな。それで納得してくれ」

あやすように茶色の毛に触れる。お恋はまだ何か言いたげだったが、瑠璃の思い詰めた表情を見て、やがて寂しげに首肯した。

八

月の寂光に浮かぶ吾嬬の森は、あたかも俗界から隔たれているかのような静謐さを漂わせていた。

一羽の木菟が雪化粧をした枯れ木に舞い降り、森に近づく者がいないかと大きな目をぎらつかせる。他の生き物たちは冷たい夜気に身を縮め、ひっそりと気配を殺していた。

森の周囲には田地ばかりが広がり、民家も人影もない。そばに流れる十間川は水が細り、底には枯れ葉が沈んでいる。

清冽な川の音に、草履が雪を踏む音が重なった。

「山村さま。ようこそいらっしゃいました」

人目を忍ぶように佇む、二階建ての廃屋。軒には氷柱が垂れ下がっている。荒れさびれた玄関で、柚月は恭しく辞儀をした。

出迎えられた男は羽織袴の装いだった。見るからに高価そうな博多帯には、ふくら雀の蒔絵が施された印籠がぶら下がっている。腰には二本差しの刀を佩き、地獄へ来ているのを誰かに見られてはまずいのだろう、黒い錣頭巾で顔を覆い隠していた。

「うむ、待たせたな。おぬしとは法性寺で会って以来か」

この地獄では、一見の客を一切断っている。訪れるには常連に一筆したためてもらい、来訪の日時と女の好みなどを添えて、地獄の接客係である柚月に渡す必要があった。

「札差の椛田さまが留守居役のお方をご紹介くださるとは、これも何かの縁でございましょうか。今日は頭巾を被っていらっしゃるのですね？　それにやっと、お声を聞けた」

留守居役とは諸藩の折衝を担う者を指す。藩主に仕える武士の中でも、信頼に値する人物にしか務まらぬ役だ。ゆえに江戸の町人からも厚い尊敬を受けていた。

柚月は紹介状を受け取るという名目で一度、山村と対面していた。みだりに地獄の実態を漏らさぬ人物か見極めるためだ。山村はその際、素顔をさらしていた。頰には大きな傷があったはずである。警戒していたのか、柚月が語りかけるも頷くか首を横に振るだけで、一言も発しようとしなかった。

「おぬしも見ただろう、頰の傷を。あの時は素顔を見せねばならぬと椛田どのに言われてな、仕方なくさらしたんだ。でなければあまり見せたいものではない」

男の声は低く、神経質に揺れている。よほど人の目が気になるのか、しきりに辺りを見まわしていた。

「しかし随分と古い家屋だ、本当にここで女を購えるのか」

「もちろんでございますとも。さあ、どうぞ中へ」

柚月は山村の背格好をさりげなく観察した。確かに法性寺で会った時と、寸分の違いもない。ふくら雀の印籠にも見覚えがあった。

山村は促されるまま、地獄の内側へと足を踏み入れた。

「お待ちしておりました」

上がり框(かまち)で客を迎え入れた男の頭には、白い奇特(きとく)頭巾。

惣之丞だった。

山村は小さく頷いた。

「おぬしが地獄の主か。今晩は世話になるぞ」

「光栄でございます。ではさっそく、お部屋へご案内いたしましょう」

惣之丞もまた、奇特頭巾の切れこみから目を光らせ、山村を値踏みした。

山村は些か緊張している様子だ。だが女を買うこと自体は慣れているらしく、素直に会津(あいづ)桐(きり)の塗り下駄を脱いでいた。

惣之丞は玄関を上がってすぐ左にある部屋の襖を開いた。

客を誘うべく振り返ると、山村が反対の部屋をのぞきこんでいるのに気がついた。

「何か気になることでも？」

廊下を挟んで向かいにある部屋は六畳ほどで、隅には黴(かび)臭そうな布団が畳まれてある。山

村は惣之丞を見返った。

「いや、すまん。留守居役の立場になってからというもの、知らぬ場所に来ると警戒してしまう癖があってな。最近は物騒な話も多いだろう」

山村は惣之丞から目を離し、薄暗い廊下を見やった。

長い廊下の先には台所があるようだ。柚月が茶を淹れているのだろう、ほのかに香りが漂ってくる。台所のさらに奥に階段があるのが、ぼんやり見えた。

「左様でしたか。そちらは普段使っている部屋ですが、狭いでしょう？　山村さまには特別に大部屋を用意させていただきました。ご要望に沿うには、広さが必要と判断しましてね」

惣之丞は意味深に笑ってみせた。意図するところがわかったのか、山村も錣頭巾の内で笑みを浮かべている気配だ。

大部屋といっても、そこは十二畳ほどだった。行灯の灯に照らされた畳は日に焼けて、年季が入っているのをうかがわせる。部屋には小さな火鉢が申し訳程度に置いてあるのみで、他に調度品もなく、極めて簡素かつ殺風景であった。

「布団は敷いておらんのか」

「ご所望とあらば準備しますが、生憎と枚数が限られておりまして……それに今夜は、邪魔なだけでは？」

確かにな、と言って、山村は惣之丞が示す先へ腰を下ろした。

柚月が湯呑を運んでくる。茶を受け取った山村だったが、湯呑には口をつけず、そのまま畳の上に置いた。

「ありがたいが、今は気が急いてしまってな」

山村の前に座していた惣之丞は声高に愛想笑いをした。

「これは失敬、茶を楽しみにいらしたわけではないでしょうしね。それでは山村さま、刀をお預かりします」

「何だ、吉原でもあるまいに」

「申し訳ございません。ただ、どこの地獄でも同じですよ。単なる儀式のようなものです」

男は渋々といった風に二本差しを帯から抜き取り、惣之丞へ手渡した。

「それと、お代の方も先にいただけるとありがたいのですが」

ああ、と山村は膝を打った。

「そうだろうとも。椛田どのに相場を聞いて包んできたんだ。これで足りるかね」

懐から分厚い包みを取り出すと、惣之丞に差し出した。惣之丞は慇懃に包みを掲げると、中を開く。

「これは……」

「百両ある。ここにいる女をすべて買いきるなら、それくらいかと思ったのだが。足りないか」

包みの内側には金色に輝く享保大判が十枚も光っていた。惣之丞は慌てたように首を振った。

「とんでもない、ありがたく頂戴つかまつります」

留守居役は役目柄、潤沢な接待費を自由に使うことを許されている。諸藩の留守居役が吉原に集まり、情報交換という態で派手に遊ぶのも珍しくないことだ。自腹を切らない彼らの金払いがよくなるのは当然と言えよう。

とはいえ、これほどの大金を包んでくるとは予想以上だった。惣之丞は頭巾の内で満足げにほくそ笑んでいた。

山村の要望は、この地獄にいる女たちを一晩貸しきりにすること。冷たい女たちを侍らせ、快楽に溺れたいと望んでいるらしかった。相当な好事家である。

「ではお待ちかねの、女たちを連れてまいりましょう。柚月」

襖辺りに控えていた柚月が、部屋を後にする。

しばらくして戻ってきた柚月の後ろには、九人もの女が連なっていた。

女たちはいずれも白い長襦袢を身にまとい、頭は大きな頭巾でくるまれている。

「ほう。これは圧巻、噂に違わぬ不気味さよ。本当に何も喋らないんだな……だが、それがいい」

山村は女たちを眺めまわし、勇むように襟を整えていた。

「我らはこれにて。隣の部屋でお待ちしておりますので、何かあればお呼びください」

惣之丞は横の襖を指し示した。大部屋の隣には主の控え部屋があり、二つの部屋は襖一枚で繋がっていた。

ごゆるりと、と一礼して惣之丞は立ち上がった。柚月も惣之丞の後に従い、山村に背を向ける。

惣之丞は地獄女たちの間をすり抜けるようにして、廊下への襖を開けた。

しかし廊下に一歩踏み出した瞬間、ぴたりと動きを停止した。

「どうされた、主よ」

肌に触れる空気が、先ほどまでとは異なっている。惣之丞は目を見開き、手にしていた刀と包みを投げ出した。

柚月が呼ぶ声も耳に入れず、無言で玄関へと駆ける。外から差しこむ光が妙に明るい。下駄を引っかけるのも忘れて素足で飛び出した惣之丞は、夜空を見上げ、絶句した。

巨大な注連縄が、月光よりもまばゆい光を放っていた。縄からは無数の太い紙垂が伸びて地面へ突き刺さり、地獄のまわりを囲っている。

まるで、檻のようだった。

「どうなってやがる」

惣之丞は奇特頭巾を乱暴に脱ぎ捨てると、踵を返した。

「柚月、おい、柚月っ」

大部屋まで急ぎ戻った惣之丞は、部屋の入り口で棒立ちになっている地獄女たちを掻き分け、再び言葉を失った。

女たちの向こうには山村が、変わらぬ様子で胡坐をかいていた。

「どうかしたのか？　そんなに青くなって……ふふ」

山村の傍らには、気を失って倒れている柚月の姿があった。

「お前、まさか」

その時、背後で動く気配がした。惣之丞は勢いよく振り返った。

金剛杵を抱えた権三、黒扇子を手にした豊二郎と栄二郎が、廊下を土足で上がってくるところだった。

さらに隣の部屋から足音がして、惣之丞は視線を走らせる。

錫杖を持った錠吉が、主の控え部屋から大部屋へと足を踏み入れ、山村に向かって声をかけた。

「頭、飛雷を見つけました。こちらの部屋の仏壇に入っています」

「そうか。ご苦労さん」

山村の低い声音に、凜とした艶が差した。

「馬鹿な……」

惣之丞は忙しなく四方へ視線を動かした。背後からは権三と双子、前方からは錠吉が、わずかな動きも見逃すまいと睨みつけてくる。

「馬鹿はてめえだ、惣之丞。上客の金に目がくらんだか？　まんまと引っかかりやがって」

山村は愉快そうに笑うと、錣頭巾を脱いだ。

美しき花魁の顔が、行灯の薄明かりにあらわになった。

「芝居が得意なのはてめえだけじゃねえんだ。男の声色にするのは久しぶりだったけど、やっぱりやればできるな。本当に留守居役みたいだったろ」

瑠璃は立ち上がり、鼠色の羽織を脱ぎ捨てた。

「ミズナ……」

蒼白になっている惣之丞に、ふっ、と瑠璃は恍惚とした笑みを見せた。

「どうしてここに、ってか？　もっと客に人を選んで紹介するよう、言い含めておくべきだったな。椛田って奴に金を渡して紹介状を頼んだら、あっさり書いてくれたよ」

柚月と法性寺で対面したのは、留守居役に化けた猫又の白だった。頬に傷がある見た目にさせたのは、後に頭巾を被る口実にするためである。そうして上客の前にしか姿を現さぬ惣之丞をおびき出し、傀儡たちを全員、引っ張り出させることに成功したのだ。

大役を任された白は嫌だとごねていたが、瑠璃は上等な土佐(とさ)の本枯れ鰹節(かつおぶし)を贈ることで、無理やり話をつけていた。

「自分の胸に手を当てて聞いてみな。全部てめえの詰めの甘さが招いた事態だって、わかるだろうからよ」

「頭、お金、あったよっ」

栄二郎が廊下に落ちていた刀と包みを掲げる。なおも言葉を失っている惣之丞に、瑠璃は澄まし顔で告げた。

「その刀は黒羽屋の内所からくすねたモンだ。朝までに返しときゃいいからな。ちなみに金はわっちの自腹。まあ、くれてやるつもりは最初からないけど」

惣之丞は愕然とした面持ちで瑠璃を凝視した。かつては満ちあふれていた余裕が薄れ、混乱した様子が伝わってくる。

瑠璃は薄ら笑いをやめ、惣之丞を眼光鋭く見据えた。

「鬼を傀儡にするだけじゃ飽き足らず、商いに利用した罪は重い。それにてめえにゃ、聞きたいことが山ほどあるんだ。徹底的にとっちめてやるから覚悟しろ」

惣之丞はぎりぎりと歯を食い縛った。

「このくそアマ、舐めたことを……っ」

こめかみに青筋を立て、まわりにいる地獄女たちを見渡す。

「命令だ、傀儡ども」

惣之丞の怒声に反応してか、傀儡たちの体がぴくりと動く。

再び瑠璃をねめつけた惣之丞は、うなるように声を漏らした。

「殺せ。全員だ」

途端、傀儡たちが一斉に向きを変え、瑠璃たち五人に襲いかかってきた。

錠吉が瑠璃の前に飛び出し、錫杖で傀儡の攻撃を受け止める。権三は金剛杵を振りまわして双子を庇う。

傀儡の爪は見る間に鋭く伸び、皮膚が黒く染まっていった。

「頭、俺たちが相手している間に飛雷をっ」

錠吉に促され、瑠璃は柚月の体を抱えると隣の部屋へ足を向けた。瑠璃の背中を切り裂こうと一体の傀儡が飛びかかる。錠吉は素早く錫杖をかざして傀儡の腕を撥ねのけた。尖った先端で傀儡の硬い皮膚が裂け、黒い血が噴き出す。

瑠璃は急いで隣の部屋へ滑りこんだ。襖を閉める瞬間に背後を見やった瑠璃は、惣之丞が戦闘に乗じて逃げ去ろうとする後ろ姿を目に留めた。

間もなくして廊下側の襖が開き、豊二郎と栄二郎が中へなだれこんできた。どうやら権三に言われてこちらへ駆けてきたようだ。

「惣之丞はどこへ行った」

双子に問いつつ、瑠璃は主部屋に柚月の体を横たえた。

柚月は瑠璃の手刀をうなじに食らい、気を失っている。瑠璃は初めて柚月の素顔をまじまじと見た。太い眉毛に利かん気の強そうな口元。ただ幼さは隠しきれておらず、年の頃は双子より下に見えた。

この童子も敵であることには違いないが、傀儡との戦闘に巻きこむのは瑠璃の本意ではなかった。

「階段へ向かったのを見た。檻の結界は人も逃がさないから、どうせ外へは逃げられないぜ」

豊二郎が早口で答える。双子は新しい結界を張ることに、今度こそ成功したのだった。

「仏壇は……あれだっ」

栄二郎が部屋の隅にある古びた仏壇へと駆け寄る。観音開きの戸を開けると、斜めに立てかけられた飛雷の姿が目に飛びこんできた。

「こんなところに隠してやがったか」

瑠璃はすかさず飛雷へ手を伸ばす。しかし、指が妖刀に触れると思われた時、バチンと大きな音がして手を弾かれてしまった。

豊二郎が瑠璃の手をがっしとつかんだ。

「こら焦るな、胸からも召喚できなかったのを忘れたのかよ。よく見ろ、辟邪の武だ」

豊二郎に言われ、改めて仏壇に目をやる。仏壇の中には飛雷を囲むように三本の白い矢が垂直に突き刺さっていた。触れる瞬間に発動するよう仕掛けられてあったのか、今や三本の

矢からは泥の壁でできた三角形の結界が生まれている。

飛雷は結界の中に閉じこめられていたのだ。ゆえに胸から召喚することができなかったのかと、瑠璃は得心がいった。

「お前ら、これを解けるか?」

「うん。そのために来たんだから」

栄二郎は凛々しく言うと、兄と頷きあった。

二人が仏壇の前に立ち、経文を唱えだす。瑠璃は逸る気持ちを抑えて双子を見守った。

隣の大部屋からは激しくぶつかりあう物音が聞こえてくる。九人の傀儡に対して、対峙しているのは錠吉と権三だけだ。二人は修行により確実に腕を上げていたが、それでも瑠璃は気が気でなかった。双子と背後の襖とを交互に見る。

「飛雷さえあればわっちも……おい、まだかかるのか?」

切迫した問いかけに、双子は答えなかった。瑠璃は経文が唱えられていくに従い、白い矢に何かが巻きつき始めるのに気がついた。

矢に絡みつく何かは、次第に形を成していく。

よく見ると白い鎖であった。

「これ、楢紅の追憶で見た……?」

過去のお喜久が鬼の動きを封じていたものに、形状が酷似していた。鎖の結界をも修得しようと励んでいた双子は、追憶の中で実戦の様子を目に焼きつけ、ようやくコツをつかんでいたのだ。

鎖は太く、長くなり、矢に絡みついていく。矢が完全に鎖に覆われるや、双子はパチンと黒扇子を閉じた。

乾いた音が部屋にこだまする。三本の矢は鎖の圧によって折れ曲がり、あっけなく破片となった。

泥の結界が、一気に消え失せた。

「よっしゃあ、できたっ」

「やったね兄さんっ」

双子は手を取りあって歓喜している。瑠璃は息をつき、双子の背中をばしばしと叩いた。

「でかしたぞお前ら。これでわっちも戦える」

再度、仏壇へ手を伸ばす。飛雷の硬い感触が、はっきりと手に伝わった。

瑠璃は鞘から妖刀を引き抜く。黒い刀身はいつもと何ら変わらず、妖しげな気を放っていた。

「よし、ここで待ってろよ」

双子に言い置くと、瑠璃は大部屋に繋がる襖を開けた。

その瞬間、権三の大きな体軀が迫ってきて、瑠璃は咄嗟に屈みこんだ。権三の体は転がる

ようにして双子のそばまで飛んだ。

「権さんっ、大丈夫か?」

「ああ豊か。平気だ、少し不意を突かれただけさ」

瑠璃は大部屋の中へ素早く目を配る。

錠吉が三体の傀儡に応戦しているところだった。

「残りの傀儡は?」

瑠璃は起き上がる権三に問うた。

「六体は倒しました」

「そ、そうか。すげえな二人とも」

錠吉と権三の力は、瑠璃が推量していた以上に強くなっていたようだ。ほっとすると同時に、なぜだか悔しさもこみ上げてきて、瑠璃は口を尖らせた。

「ですが残り三体は、なかなかにすばしっこくて」

権三が瑠璃の横に立ち並ぶ。二人の姿に気づいた一体の傀儡が、顔を向けてきた。

「よし、あいつはわっちが仕留める」

言うが早いか、瑠璃は傀儡に向かって駆けだした。傀儡も瑠璃めがけて黒い爪を振るう。

飛雷と傀儡の爪が衝突した。瑠璃は傀儡が押してくる力を受け流し、懐へもぐりこもうとする。反対の腕が振り上げられるのを察してしゃがみこむ。立ち上がりざま、宙にさまよわせていた飛雷を引き寄せ、傀儡の右脚を斬りつけた。

傀儡の痛々しい叫び。聞き覚えがあるような気がして、瑠璃は眉をひそめた。

傀儡は黒い血を右脚から流しながら畳に這いつくばった。獣のうなり声をさせて、頭巾で覆われた顔を上げる。

次の瞬間、四つん這いのまま駆け、跳躍する。体をそらした瑠璃は飛雷の切っ先で傀儡の頭巾を斬った。標的を逃した傀儡は畳を擦りながら再び体勢を整える。

瑠璃の思惑どおり、傀儡の頭巾だけが、ゆっくりと畳に落ちた。

傀儡の口には、獰猛な犬の牙が生えそろっていた。

「やっぱりな、既視感があると思った。犬鬼だったか」

かつて六郷の土手で戦い、鳩飼いに奪われてしまった犬鬼。惣之丞の手により傀儡にされ、地獄女として操られていたのだ。

瑠璃の面差しには悔恨の情が浮かんでいた。

「あの時きちんと退治できていれば、こんな目にあわせることもなかった。悪かったな犬鬼、もうしくじらねえから」

瑠璃は飛雷を前にかまえた。傀儡となった犬鬼は右脚を引きずりながら走りだす。畳を蹴り、犬の牙を瑠璃の首筋に剝く。瑠璃は身を退きながら後ろへ倒れこんだ。

瑠璃の肩をつかむ犬鬼の腕には、強靱な膂力がこめられている。だが犬鬼は、それ以上は

動かなかった。

犬鬼の口から後頭部を、飛雷の刃がまっすぐ貫いていた。瑠璃の顔に大量のどす黒い血が流れ落ちる。

肩をつかむ力が緩んでいく。瑠璃は犬鬼を押し返すように身を起こし、飛雷を縦に振り下ろした。

犬鬼の体が口から両断された。裂けた体は黒い砂山へと形を変え、霧になっていく。

瑠璃の顔にかかった血もぱらぱらと乾き、やがて犬鬼だった霧は、空気に溶けるようにして消えた。

瑠璃は目を閉じ寸の間、物思いにふける。が、即座に顔を上げた。

錠吉と権三はてんでに傀儡との戦いを続けていた。しかしすでに六体も片づけた後であり、二人とも息が上がっている。さすがに疲弊しているようだ。

対する二体の傀儡は執拗に爪をかざし、攻勢を強めていた。

瑠璃は胸元へと手をやった。心の臓が鼓動するのを、総身で感じ取る。

「飛雷。言っておくがもう暴走はさせねえぞ。黙って力を貸せ」

刹那、瑠璃の足元から青い旋風が巻き起こった。胸元にある三点の印が数を増し、瑠璃の白い肌を覆っていく。

瑠璃は意識を右腕へと集中させた。すると顔を覆わんとしていた印が方向を変え、右腕へと集結してくる。

「錠さん、権さん。後はわっちに任せろ」

青い旋風を感知していた二人がこくりと頷いて後退する。追おうとした傀儡たちは、ただならぬ気を感じて瑠璃を振り返った。

瑠璃の右腕は今や、増大した印によって黒く、まだらに染まっていた。二体の傀儡はひび割れた叫びを上げ、同時に瑠璃へと向かってきた。

「ちょいと急ぐんでな、これで終いにしよう」

瑠璃は飛雷の峰をなぞると、突進してくる傀儡に向かって切っ先を向ける。

途端、妖刀の刀身が、二匹の黒蛇に変じた。

黒蛇は意思を帯びて傀儡たちへ迫り、二体の腹を食い破った。傀儡の絶叫が響き渡る。

瑠璃がさらに力をこめると、蛇となった刀身は傀儡の体をぐんと持ち上げ、しなり、二体を畳の上に串刺しにした。

傀儡はもがき、わめき続ける。そのうち刀身の付け根からむくむくと、新たに十四もの蛇が生まれた。

舌舐めずりをする蛇たちは口を開け、凶暴な牙を剝き出しにする。

「痛いかもしんねえけど、少しだけ我慢してくれ」

瑠璃は押し殺すように言うと、柄を握る右手に膂力をこめた。

黒蛇が傀儡たちの手に、足に、次々と噛みつく。動きが止まったのを見計らい、残った二匹が、傀儡たちの眉間に深々と牙を食いこませた。

傀儡たちの叫喚がやんだ。体が見る間に砂塵と化していく。

犬鬼と同様、傀儡たちが消えていく様を見届けてから、瑠璃は静かに息を吐いた。心を鎮め、徐々に膂力を緩めていく。黒蛇がするすると柄に戻ってくる。

飛雷は元どおりの様相を呈し、鈍い光を見せていた。

「頭、お加減は？」

錠吉が確かめるように瑠璃の全身を眺める。瑠璃はにっと微笑んでみせた。

「何ともないさ。心さえぐらついていなきゃ、飛雷が暴走することもないからな。心配しなくていいよ」

権三も安堵したように力を抜いていた。

瑠璃は隣の部屋で手に汗を握っている双子へと視線をやった。

「豊、栄、外の結界はまだもつか？」

「あったりめえよ」

「まだ一刻くらいは余裕だよっ」

双子は自信たっぷりに胸を張っている。

瑠璃は眉を引き締め、ゆっくりと、天井を振り仰いだ。

地獄の二階は水を打ったように静まり返っていた。

階段を上がったすぐ先には一つの部屋。襖を薄く開いた権三が、中をうかがってから首を振った。

部屋には白い襦袢や小袖が、衣桁にかけられ並んでいる。見たところ、地獄女たちに着せる着物を置く衣裳部屋のようだった。

瑠璃は廊下の先へと目をやる。二階には四つの部屋があった。

このどこかに、惣之丞が息をひそめている。瑠璃たちは慎重に廊下を進んだ。

左側にある襖を開く。そこに並ぶものを目にするや、瑠璃は背筋が凍るような感覚に陥った。

小さな部屋にあったのは棺桶(かんおけ)だった。数は十以上もあり、ご丁寧にも等間隔に整然と並べられていた。

錠吉が一つひとつ、中を確認していく。しかしどれも空っぽであった。

——ここに傀儡たちを収めていたのか。

すべての棺桶には経文が書かれた札が貼ってある。楢紅が平時は棺に封印されているように、傀儡たちも、この小さな棺桶に押しこめられていたのだろう。

豊二郎と栄二郎はおぞましさに体を強張らせていた。

さらに進んだ先で、再び襖を開く。やや広めの部屋には行灯や蠟燭などの照明器具に加え、棚には鉈や糸鋸、無数の釘など、様々な道具がまたも綺麗に並べられていた。

これらは古い地獄の家屋を修繕するためにあるものではない。黒雲の五人は、誰もがそれを理解していた。

どの道具にも、赤黒い血がべっとりとこびりついているのだ。

「呪術の実験道具でしょうか」

権三が重い口調でつぶやいた、その時。

「ご名答」

背後に気配を感じ、瑠璃たちは一斉に振り返った。

廊下の暗がりから現れたのは、三体の傀儡。瑠璃は咄嗟に飛雷を握る力を強める。刀身が三つに裂け、まっしぐらに傀儡へと伸びていく。

ところが瑠璃は、傀儡たちを斬れなかった。

「雛鶴……」

内の一体は、瑠璃が守りきることのできなかった、雛鶴花魁であった。他の二体は花扇と花紫。生き鬼に、そして傀儡にされた四君子たちが、黒雲の前に立ちはだかっていた。

三体の傀儡はそれぞれ竹、梅、菊の仕掛を着せられ、目元には白布を巻かれている。白布の内側には生き鬼の、見た者を呪い殺す目が秘められているはずだ。

「あの鬱陶しい結界のせいで、こいつらを召喚するのに手間取っちまったぜ」

四君子たちの後ろには惣之丞が立っていた。

「どうだ、斬れないだろう。生き鬼を斬ったところで、成仏なんかさせてやれねえもんなあ？　ここまで来れたことは褒めてやる、だが残念だったな」

惣之丞は口の端を歪ませた。

生き鬼は「黄泉の国の地獄界」と契約した存在である。ただの鬼とは違い、たとえ飛雷を振るって体を消滅させることができても、魂は黄泉に囚われたままになってしまう。惣之丞は瑠璃が魂の救済を重視していると理解した上で、逆手に取っているのだ。

「俺をつかまえたいなら斬ってみろよ、ほら」

惣之丞は挑発するように黒雲を焚きつけてくる。

「姑息な、四君子を盾にするなぞ……」

苦々しくうなった瑠璃だったが、惣之丞の狙いどおり、生き鬼に手を出すことはどうしてもできなかった。右手の力を緩め、裂けた刀身を元に収束させる。

打つ手がない。臍を嚙む思いで妖刀の柄を握っていると、背後でささやく声がした。

——時間を稼ぐか。

瑠璃は腹中の計をおくびにも出さず、言葉を継ぐ。

「けどな、惣之丞。盾にするだけでどうやってこの場を切り抜けるつもりだ？　柚月とかいう小僧も下で気絶したまんまだぞ」

「雑魚（ざこ）どもを倒したからと調子に乗るな」

惣之丞の声には怒りがまじっていた。血走った目がぎらぎらと光る。何をしでかすかわからぬ、危険な匂いを漂わせていた。

「ああ、そうだ。お前は雛鶴にご執心だったよな。俺が命令すれば、雛鶴を自死させることだって可能だぜ？　さあ、どうする」

「やめろ、そんなことはさせない」

「嫌ならとっとと外の結界を解けっ。歯向かうならすぐにでも雛鶴を……」

パチン。

瑠璃の背後で、双子が黒扇子を閉じた。

「何の音、だ……」

四君子たちの体が一挙に光り始める。惣之丞は見る見る青ざめていった。

純白の光を放つのは鎖だった。何重にも四君子に巻きつき、体を縛り上げている。

「おい、花扇、花紫っ」

命令を下そうとした惣之丞だったが、四君子は反応しない。双子の結界が四君子の動きを封じたのだ。怒りに心を支配されていた惣之丞は、結界が張られていくのに気づくことがで

きなかった。

と、雛鶴の姿が霞み始めた。雛鶴は生き鬼になる直前、瑠璃の言葉によって浮世への怨恨を和らげられていた。結果として生き鬼になってしまったことには変わりないが、瘴気は他の二人よりも薄い。

神聖なる鎖の輝きに負け、雛鶴の姿は掻き消えた。

「雛鶴……使えない愚図め」

四君子を主要な傀儡として扱っている惣之丞は、地獄ではなく別の場所に彼女たちの棺桶を設置しているだろう。雛鶴はそこに戻ったものと考えられた。再び召喚することもできようが、今のこの状況では余裕がないはずだ。残る花扇と花紫も、鎖によって身動きが取れない。

瑠璃は口の片端を上げ、惣之丞に笑顔を見せた。

「さっきの話、よく聞こえなかったからもういっぺん言ってくれねえか。歯向かうなら、何だっけ？」

す、と飛雷の切っ先を惣之丞に向ける。

「見くびられたモンだ、まだ終わりじゃねえってのによ」

惣之丞は低く吐き捨てると背を向けた。

「待ちやがれ、この卑怯者っ」

廊下を駆けていくかと思いきや、惣之丞が飛びこんだのは向かいの部屋だった。

後を追った瑠璃は、その部屋にいる影を目にして一瞬、威勢をくじかれた。

「……こま」

四畳しかない狭い部屋の天窓から、冴えた月と結界の光が注ぎこんでいる。隅には布がかけられた物体が一つ。瑠璃の腰元くらいの大きさで、壁に立てかけるようにして置かれている。脇には、狛犬の付喪神がいた。

瑠璃を欺いて以降、一度も姿を見せなかったこま。容貌からは以前のような妖特有の、能天気な明るさがすっかり消え失せている。代わりに暗く、攻撃的な気をまとっていた。

こまは瑠璃に吠えかかった。

「拙者(せっしゃ)の主に手を出すなっ。喉笛を噛み切ってやるぞ」

「主って、この外道のことじゃねえだろうな？　お前、よくもそんな戯言(されごと)を」

瑠璃は険しく狛犬を睨みつけた。

「お恋にまで乱暴を働きやがって。根無し草だったお前を気にかけて、仲よくしてもらった恩も忘れちまったのか……あいつ、泣いてたぞ」

こまは束の間、吠えるのをやめた。が、一転して威嚇(いかく)するようになり、牙を剝き出しにする。

瑠璃は舌打ちをして惣之丞へと目を転じた。

「見苦しい真似はもうやめろ。付喪神がわっちらの相手になるとでも？　地獄女もいない、四君子も動けない、もうてめえにゃ何も残っていないはずだ」

瑠璃を先頭に男衆も武器を携え、惣之丞へと詰め寄る。

惣之丞はぶつぶつと何事か漏らしながら、部屋の隅へとにじり寄った。焦燥に駆られているのか、両目が宙を這う。瑠璃の読みどおり、万策尽きたかに思われた。

しかし惣之丞は、なぜか勝ち誇ったような笑みを浮かべていた。

「これを見ても、そんな口が叩けるか？」

嘲(あさけ)るように言うと、部屋の隅にあった物体へと手を伸ばした。粗野に布をはぎ取る。

瞬間、黒雲の五人は詰め寄らんとする動きを止めた。

瑠璃の首筋に、嫌な汗が伝った。

——人、なのか。

布をかけられていたのは傀儡の裸体であった。だがその体を人のものであると認識するのには、幾ばくか時間を要した。

傀儡の体には四肢がない。四肢の断面にはそれぞれ、呪符のようなものが貼られている。胴体を慄然と目で辿った瑠璃は傀儡の胸を見て、さらに心胆を寒からしめられる思いがした。

胸の肉が、無残にえぐられていた。あばら骨が黒い血にまみれ、無防備に露出している。

人体の構造にさほど明るくない瑠璃でも、傀儡の骨格が正常でないことを察していた。あばら骨の中心が歪に欠けているのだ。まるで、人為的に削られたかのようだった。

「こんなの、夢だ。夢に決まってる」

「嫌だ……嘘だって言ってよ、誰か……」

豊二郎と栄二郎の悲痛な声がした。二人の視線は傀儡の頭部へと向けられている。瑠璃は傀儡の髪に、小さな棒のようなものが差さっているのを目に留めた。

太夫の追憶で見た、蝶の簪。

「鈴、代……？」

ぽとり、ぽとりと斑雪が、小さな天窓から舞い落ちてくる。

双子の母、鈴代が、瑠璃たちの眼前に頭を垂れていた。

九

「はっ、どうした？　揃いも揃って石みてえになっちまってさ。この醜い姿、お優しいお前らにゃ見るに堪えねえか」

　惣之丞の瞳孔は開ききっている。四肢のない傀儡を見て放心している瑠璃たちに、下卑(げび)た笑みを浮かべてみせた。

「……てめえ、この女をどこで見つけた」

「ああ？」

　惣之丞は瑠璃が放った質問の意味を測りかねているようだ。

「こいつは浅茅ヶ原(あさじがはら)をうろついてた鬼だ。俺の手下だった奴ら二人が十年ほど前につかまえて封印してたのさ。まあ、そいつらはもういねえんだけど」

　どうやら鳩飼いには惣之丞と柚月の他にも構成員がいたらしい。封印していたということは、結界師だろうか。惣之丞はその二人から鬼を渡されたのだ。しかし惣之丞の言い草からして、二人はすでにこの世にはいないのかもしれない。

「いずれ地獄女に使ってやろうと傀儡にしたが、体中傷だらけでな。さすがに客も怖がっちまうから、表に出すのはやめたんだ」

見ろ、と惣之丞が顎で示す。瑠璃は惣之丞の動きに注意を払いつつ、鈴代に改めて視線をやった。

目を凝らせば辛うじて残っている鈴代の腿の付け根、腹部には、鋭利なもので突き刺したような傷跡が無数にあった。

「こいつぁどっかの岡場所の女郎だろうよ。着てるモンも安物の襤褸だったしな。おおかた質の悪い男に嬲られたか、女郎屋で折檻を受けるかしたんだろ」

「なぜ手も脚もない？　てめえはこの女を傀儡にして、何をしてたんだっ」

瑠璃は湧き上がる激情を抑えられなかった。

惣之丞は傀儡にした鬼が、鈴代という吉原の遊女であることを知らなかったようだ。鈴代の体にある細かな刺し傷はいずれも痕になっており、生前につけられたものであろうことが見てとれる。

だが呪符から垣間見える腕や脚の付け根は傷口が糸で雑に縫われ、黒い血が滲んでいた。削がれた胸にも止血の跡。これらは鈴代が鬼になってから施されたものに違いなかった。

「……骨を、採取していたんだな」

錠吉が渋く、声を漏らした。

「鬼の骨……傀儡の、骨」

瑠璃は双子と交わした会話を辿った。

辟邪の武に用いる白い矢。その矢じりには、傀儡の骨が使われるのではなかったか。

惣之丞は地獄女として利用できない鈴代を、矢じりを採取するための要員に据えていた。

そうして殺さぬ程度に少しずつ骨を採取しては、素人の手腕で治療を繰り返し、尽きぬ苦しみを与え続けていたのだ。

地獄の客が耳にしたという女の悲鳴。それは、意識がありながら肉をえぐられ、骨を削り取られる鈴代の、魂からの呻吟だったのである。

「矢じりの秘密を知られてたか。まあ、お前らのお内儀なら知っていて当然だろう」

惣之丞はあっさり肯定した。

鈴代は死してから鬼となった存在で、生き鬼ではない。双子を産むと同時に鬼になったと考えれば、とうに鬼としての寿命を迎えていてもおかしくないだろう。しかし惣之丞は、鈴代から骨を採り尽くすべく、呪符によって無理やり延命措置を施していた。

「……てめえはどこまで、腐ってるんだ」

瑠璃は射殺さんばかりの形相で惣之丞を睨んだ。

「何だ、まさかこの傀儡と知りあいなのか？」

惣之丞にとって鈴代は、苦肉の策で見せた傀儡に過ぎない。戦力になるはずもなく、おそ

らくは哀れな姿を目くらましにして逃げようと企んでいたのだろう。だが意図せず、黒雲の五人に強烈な衝撃を与えることになった。

形勢が転じたと感じてか、惣之丞は邪悪な笑みを深めた。

「欲しけりゃくれてやるぜ？　矢じりを作るのは別に、こいつの骨じゃなくてもかまわねえからな」

冷徹な言葉に、瑠璃は双子へと目をやった。

豊二郎はむごたらしい有様の鈴代を見つめて動かない。栄二郎も魂が抜けたように母を眺め、立ちすくんでいた。

――あなたたちの大事なものと、地獄で再会することになるでしょう。

――あれは飛雷のことだけを言ってたんじゃない。鈴代のことも指していたんだ。

瑠璃は拳を握り締めた。

「錠さん、二人を外へ……」

たまらず言いかけた瑠璃の耳に、何かが砕け散る音が届いた。辺りの空気が不安定に揺らぐ。瑠璃は部屋にある小さな天窓を仰ぎ見た。

夜空に煌々（こうこう）と輝いていた注連縄の光が、瞬（またた）く間に弱まっていく。双子の激しい動揺によ

り、檻の結界が解けてしまったのだ。

刹那、機を逃さんと惣之丞が向きを変え、瑠璃を突き飛ばす。不意を突かれた瑠璃は体勢を崩した。慌てて権三が支える。

袖をつかもうとした錠吉の手をかいくぐり、惣之丞は部屋を飛び出していった。

瑠璃は急いで視線を走らせる。向かいの部屋で動きを封じられていた花扇と花紫が、惣之丞の後に従って衣裳をひるがえすのが見えた。鎖の結界までもが解け、二体の傀儡を自由にしてしまったのだ。

惣之丞が瑠璃たちに痛ましい鈴代の姿を見せたのは、動揺を誘い、結界を揺らがせるためだった。

「逃がすかよっ。行くぞ権さん」

が、この状態で双子を二人きりにはしておけない。

「錠さんは、ここにいてくれ」

錠吉も言わずもがなのようで、黙って頷いた。

瑠璃は廊下に走り出た。横目に打ちひしがれる双子の背中が映ったが、今はどうしても惣之丞を逃がすわけにはいかなかった。

惣之丞は階段を転がらんばかりに駆け下り、仏壇のあった部屋へ飛びこんでいた。追いついた瑠璃と権三は、柚月を肩に担ぎ上げている惣之丞、二体の傀儡と向きあい、行く手をふさいだ。柚月は未だ意識が戻っておらず、惣之丞の肩でぐったりしている。

「クズなてめえでも、結界役はさすがに置いていけねえか」

惣之丞なら柚月を見捨てて逃げるだろうと踏んでいた。しかし結界役を捨て置けぬのは、鳩飼いも同じらしい。

「口を慎めよ、花魁さま。そんな言葉づかいじゃ客が減るぜ？」

薄ぼんやりとした行灯の灯が、惣之丞の目の下にあるくまを不気味に際立たせていた。

――こいつ、こんな顔だったか……？

椿座にいた頃に見ていた義兄と、今目の前にいる男では、どこか印象が違って見えた。惣之丞は昔から細身だったが、今は痩せ具合に少し、病的なものが感じられる。

「どけ、俺の邪魔をするな」

惣之丞はなおも口元に笑みを保っていた。だが以前のような自信に満ちた笑みではなく、わずかに引きつっている。黒雲の奇襲を受け、天下の女形としての気高い品格がはがれかけているのだ。

話すなら、今しかない。瑠璃はそう直感した。幼い頃から知りたいと望んできた義兄の本音を、今なら聞き出せるのではないか。惣之丞の言動の背景にあるものを知れたなら、何かが変わるはずだ。この機会を逸してはきっと悔いが残る。亡き義父のためにも、話さねば。

瑠璃はひっそりと息を吐いて、義兄を正面から見つめた。

「惣之丞。お前は一体、何がしたいんだ。こんなところで傀儡たちに客を取らせて、単に金儲けのためか？　お前の母親を欲しがっていたのも、地獄女にするためなのか」

瑠璃の発言に、惣之丞の微笑が凍った。呼吸すらも忘れ、わなわなと唇を震わせる。

「なぜ、それを……」

「朱崎の記憶を見たのさ。お前と朱崎は親子だ。だから楢紅を求めていたんだろう」

惣之丞は声を失っていた。よもや朱崎との関係に気づかれていたとは思いもしなかったらしい。明らかに顔色が変わった惣之丞を見て、瑠璃は手応えを感じていた。

——間違いない。こいつの弱点は、楢紅だ。

瑠璃は泰然と畳みかけた。

「楢紅に執着するお前の心理は、わかっている」

「黙れ」

「黒羽屋にいいように利用された母親が、あまつさえ傀儡にされ、しかも今は大嫌いな女に使役されている。お前にとってはこの上ない屈辱のはずだ」

「黙れって言ってんのが聞こえねえのかっ」

惣之丞は目を剝いて怒鳴った。睨み返す瑠璃。部屋中に、殺伐とした空気が満ちていく。

かつて義理の兄妹であった二人の間には今や、言葉に尽くせぬ激憤、憎しみ、複雑に絡みあう感情が、烈火のごとく衝突していた。

と、惣之丞は不意に下を向いた。

「何で、お前なんだ」

忍ぶように発せられた言葉に、瑠璃は眉根を寄せた。

「血の契約だと？　ふざけやがって、そんなのお前がしていいことじゃない」

惣之丞の顔には、本心からの悔しさが滲み出ていた。演技などではない。いくらか冷静だった瑠璃は、惣之丞の素を見抜いていた。

朱崎と血が繋がっているのは惣之丞だ。にもかかわらず「血の契約」によって母親を使役することになったのは、かねてより嫌悪していた義理の妹だった。

皮肉な事実が、惣之丞が元々抱いていた瑠璃への憎悪を、なおもって増幅させていたのであった。

瑠璃は朱崎の記憶へと思いを馳せた。

「朱崎は太夫職にも黒雲の任務にも、真摯に向きあっていた。冷遇されても、文句の一つも言わずに。なのに裏切られた。朱崎の望みは大切な息子の成長をそばで見守りたいと、ただ、それだけだったたかもしれないのにな」

時期や経緯は不明だが、惣之丞も朱崎太夫が自身の母親であること、そして母の身に何が起こったかを知りえたのだろう。

瑠璃は惣之丞が抱くようになった憤りが、黒雲への妄執が、至極もっともだと感応すら

していた。

「けれどお前は、危険すぎる」

瑠璃は義理の兄を睨み据えた。

「悪いが楢紅を渡すつもりはない。傀儡たちへの仕打ちも含めてお前を、鳩飼いを許すつもりもない。罪を自省してそれ相応の償いをしろ、惣之丞。お前が今まで苦しめてきた者たちのために」

語勢を荒らげる瑠璃。対する惣之丞は、俯いたまま肩を震わせていた。

くつくつと、剣呑な笑い声が漏れ聞こえた。

「鳩飼いを、許さない？　だからお前はおめでたいってんだ。お袋のことを知ったくらいで弱みを握った気になってるんだろうが、甘いね。甘すぎて反吐(へど)が出るぜ」

突如として笑いだした惣之丞の声には、狂気が含まれていた。権三が警戒心を強める。だが瑠璃は、金剛杵をかまえようとする権三を手で制した。

「どういうことだ。下手な脅しなら通用しな……」

「お前らの裏で糸を引いてるのは幕府の将軍だ」

遮るように言って、惣之丞は顔を上げた。先刻とは打って変わり、面持ちからは怒りの色が消えていた。それどころか、人の体温というものがまるで感じられない。氷のように冷たく、蛇蝎(だかつ)のごとく禍々(まがまが)しい笑みをたたえていた。

「だから何だ？　それくらい、もう知っている」

「じゃあ鳩飼いは、誰の指示を受けていると思う？」

唐突な問いに、瑠璃と権三は互いの顔を見やった。二人が答えられぬと見るや、惣之丞は耳障りな高笑いをした。

「天子(てんし)さまだよ。朝廷の、日ノ本のてっぺんに立つお方。第百十九代天皇、兼仁(ともひと)さまだ」

瑠璃は驚愕に目を瞠った。

惣之丞が明かした黒幕は、あまりに高貴な存在であった。現人神(あらひとがみ)とされる天皇は現在、幕府に政(まつりごと)を委任する立場にある。したがって表面的な権威を鑑みれば、将軍をも上回る、まさに国の威光だ。

「帝が、どうして」

黒雲を操るのは将軍。そして鳩飼いを操るのは天皇。これが意味するのは何なのか、混乱する頭では理解が追いつかない。

瑠璃の動揺を見てとった惣之丞は、さらに哄笑した。

「無知なお前に教えといてやろう。兼仁さまは幕府が政の実権を握っているのを、快く思ってないのさ。だから幕府を滅ぼそうとしている。傀儡師の力、つまり俺の力を借りてな」

鳩飼いの真の目的は、鬼の魂を救済することではない。地獄で荒稼ぎをすることでもない。幕府転覆という天皇の野望を遂げるべく、傀儡を集めていたのだ。

惣之丞が地獄を作ったのは、集めた傀儡たちに恥辱を味わわせ、怒りと哀しみ、怨恨を増長させて呪力を強めるためであった。

「それで傀儡たちに江戸城を襲わせるつもりだったのか」

「さあ？　ご想像にお任せするよ」

そうそう、と惣之丞は何か思い出したかのように含み笑いをした。

「鳩飼いの裏にいるのは天皇だけじゃねえ。お前の愛しい愛しい男……姫路藩のお殿様も、こちら側だ」

「なっ……」

雷に打たれたような気がした。

瑠璃の脳裏に、ともに手を取り語らいあった、愛する男の顔が浮かぶ。

「忠さんが、鳩飼い側？　でたらめを言うな、あの人は将軍の補佐役だぞ。鳩飼いと組んで何の利がある」

「補佐役ってな表向きよ。酒井の旦那が抱く大志も、天子さまと同じだからな」

告げられた事実は、瑠璃の心を大きくぐらつかせた。目の前が真っ暗になり、思わず閉口する。権三も言葉を失っていた。

惣之丞はにやつきながら続けた。

「幕府を倒すのにはお前らが邪魔だ。将軍の飼い犬、黒雲が。そこで天子さまは鳩飼いに下知を下した。〝黒雲を排除せよ〟と。もちろん酒井の旦那も知っていることさ」

——忠さんが、わっちの敵……?

晴れやかに、幸せそうな笑みをこぼす忠以の顔。あれはすべて嘘だったのか。瑠璃を案じていたというのも、身請けをしたいというのも、二人で旅に出ようというのも、すべて。

己の中で大事なものが、音を立てて崩れていくようだった。

「頭……」

権三がうかがうように頭領を見やる。瑠璃は下を向き、力を失ったように妖刀を下ろしていた。

「好いた男と対立しなきゃならねえなんて、大変だなあ? 可哀相で胸が痛むよ、ミズナ」

畢竟、戦いの軍配は黒雲に上がりかけている。窮地に追いこまれ、朱崎への執着心を見抜かれた惣之丞は、瑠璃の心を貶めることで形勢を逆転させようとしているのだろう。

「もし、ここに父さまがいたら」

「あ?」

ぼそりと発せられた声に、惣之丞は怪訝そうな顔をした。

「もし父さまが生きてここにいたら、お前はそれでもそんな言葉を吐けるのか」

瑠璃の問いかけを受け、惣之丞は何事か思惟している様子だった。が、ややあってから口を開いた。

「親父ならきっと、俺を殴ってでも止めるんだろうな。そういうところはミズナ、どうやらお前が立役の座と一緒に引き継いだらしい」

惣之丞の声はまるで、瑠璃ではない誰かに向けられているかのようだった。

「父さまに育てられた恩はお前だって感じてるはずだ。今のお前を見て父さまがどれだけ悲しむか、考えねえのか」

「親父が、悲しむ？　お前って奴は、本当に上っ面しか見てねえんだな。幸せな女だよ」

惣之丞は瑠璃に哀れむような目を注いでいた。

「親父は俺のことを何とも思っちゃいなかった。同情心から俺を引き取っただけさ。お前を可愛がっていたところを見ると、きっと男より女の子どもが欲しかったんだろうな。とんだ変わり者、いや変態と言った方が正しいかもな」

惣之丞のせせら笑う声は、瑠璃の胸に波風を立てた。

「ま、育ててもらったことには感謝してるさ。ただ、それだけだ。死人にどう思われたって知ったこっちゃねえんだよ」

義父を愚弄する言葉が、笑い声が、頭の中で反響する。

瑠璃は俯けていた顔を上げた。

「惣之丞、お前を心から軽蔑する」

怒りの迸る双眸で義兄を捉える。一方で惣之丞は笑うのをやめ、癇性に頬を痙攣させて

いた。

「父さまの遺志を酌んで、話を聞いてやろうと思ってた。形だけでも同じ釜の飯を食って、同じ父のもとで育ったモン同士、通じるものがあるはずだと」

たとえ自分を嫌う気持ちが消えなくとも、父親を慕う気持ちは惣之丞も同じだと信じていた。だがそれは、瑠璃の希望に過ぎなかったのかもしれない。惣右衛門のために義兄と対話しようとしていた試みは、空しくも挫かれてしまった。

――父さまごめん。でもわっちじゃ無理なんだ。惣之丞の心を知ろうなんて、考えたのが馬鹿だった。

瑠璃は飛雷を、血が出んばかりに握り締めた。

「もうやめだ。お前とはどう転んでもわかりあえねえ。わかりあいたくもないっ」

無力感を振り払い、惣之丞へ向かって一歩を踏み出す。権三も金剛杵を握り、瑠璃の隣に立ち並んだ。

「俺のことを知ろうとしてくれてたのか、そりゃご苦労なこった。お前たちも労ってやってくれよ？　なあ花扇、花紫」

惣之丞の声に応じて、二体の傀儡が前に進み出る。

次の瞬間、傀儡たちが身につけていた前帯が独りでに動いた。傀儡の体から離れ、瑠璃と権三を覆わんと波打つ。

瑠璃と権三は左右に飛びのいて前帯をよけた。と、前帯の端が空中で激しくうねる。死角からの攻撃に、瑠璃は反応が遅れてしまった。

前帯は瑠璃の右手を弾く。飛雷が手から離れる。さらに前帯は空を切るようにしなり、瑠璃の胴体に命中した。

「が……っ」

瑠璃は壁面に叩きつけられた。権三も同様にして金剛杵を手放し、瑠璃とは反対側の壁に押さえつけられている。

双子の結界が解けた今、惣之丞は本来の力を発揮しているのだ。前帯の動きは瑠璃でも追うことができぬほど速かった。

二本の前帯は竜巻のごとき動きを見せ、瑠璃と権三の体をあっという間に縛り上げた。みしみしと嫌な音が鳴る。体を圧迫する前帯は、瑠璃たちの動きを封じるや、二人を引きずるように移動し始めた。

「何なんだこの力は、びくともしない」

権三も身をよじっていたが、彼の剛力をもってしても前帯から逃れることはできないようだった。

元の立ち位置まで引きずり戻された瑠璃たちを見て、惣之丞は満足そうに顎をさすっていた。

「さあて、花魁さまは動けないようだ。お前たち、この綺麗な顔が苦痛に歪むところを見たくはないか？」

「てめえ、何をする気だ」

二体の傀儡はこくりと頷いた。

腕を上げ、互いの首元まで手を這わせる。花扇と花紫の細い指は、ゆっくりと、白布を目指していた。

「呪いの目……」

瑠璃の全身に悪寒が走った。目をつむろうとするも、なぜか瞼（まぶた）が動かない。これも惣之丞の仕業であろうか。もし二人が完全に白布を上げてしまえばどうなるか。待っているのは死よりも恐ろしい、消滅の道である。

「飛雷」

瑠璃は発作的に叫んだ。心の臓が大きく鼓動する。と同時に、瑠璃の体から激しい風が巻き起こった。魂の危機を察したかのような、力強い、青の旋風。前帯の内部から押し返すように旋風は激しく吹き荒れ、次第に瑠璃の体と前帯の間に隙間を作り始めた。

瑠璃は素早く屈み、わずかな隙間から脱出した。飛雷をつかもうと腕を伸ばす。が、それより早く花扇が妖刀の柄を踏みつけた。

顔を上げると、花扇は瑠璃を見下ろす格好で自らの白布を上げようとしている。

「最期くらい大人しくしてろ」

惣之丞が冷たく言い放った、その時であった。

「やめろっ」

後ろで栄二郎の声がした。瑠璃の体のまわりに白い光が満ち、視線が自由になる。

はっと振り返った瑠璃は、豊二郎と栄二郎が、悄然とした顔で自分を見つめているのに気がついた。二人は黒扇子を開いていた。小さな結界を作ることで、瑠璃にかけられていた呪術を解いたのだ。

見ると権三の顔まわりにも白い光が漂い、花紫から視線を外せている。

「豊、栄……」

「結界役が来ちまったか。悪運の強い奴め」

惣之丞は忌々しげに舌打ちをした。飛雷を踏みつけていた花扇が後退する。花紫も惣之丞の横へと戻っていく。前帯は権三からも離れて宙を舞い、傀儡たちの胸元へ元のとおりに結び目を作った。

畳に手をつき咳きこむ権三。飛雷をつかんで中腰になっている瑠璃。部屋の入り口で錫杖を握る錠吉を見まわして、惣之丞は目を細めてみせた。

「別にいいさ、お前らとはまた会うことになるだろうからな。止めを刺すのは、一旦お預けだ」

結界役の柚月が戦闘不能の今、黒雲の五人が揃った状態では分が悪い。惣之丞はそう判断したようだった。

柚月を肩に担ぎなおし、惣之丞は瑠璃を指差した。

「いいかミズナ、俺は諦めない。本懐を遂げるその日まで、俺は決して立ち止まらない。俺の邪魔をするというのなら容赦はしねえ、お前の未来にあるのは死と喪失のみだ。それを心に刻んどけ」

惣之丞は不祥な言葉を吐いたかと思うと、背後の壁に思いきり拳を叩きつけた。

壁が回転し、外への道を開く。有事に備えて仕掛扉を施してあったのだ。

と、瑠璃は背を向けた惣之丞のうなじに、薄黒い何かが浮かんでいるのを目に留めた。

——痣？

痣は、四つ足の形をしているように見えた。

「まだ逃げるのか、往生際の悪い……」

「権さん、待て」

駆けだそうとした権三の腕を、瑠璃がつかんだ。

惣之丞は柚月を抱えて外へ飛び出す。二体の傀儡が後に続く。仕掛扉がさらに回転し、バタン、と元の壁に戻った。

権三は急ぎ玄関へ向かおうとする。鳩飼いを捕らえねばという使命感に駆り立てられているのか、ひどく慌てていた。しかし、瑠璃は腕を離さない。

分厚い筋肉を有する権三とは異なり、前帯に締めつけられたせいで華奢(きゃしゃ)な体はきしんでいた。辛うじて骨を折られるのは回避できたが、息をするのもまだ苦しい。

「頭っ。今取り逃がしてはここまで来た意味がないでしょう。せめて結界役の子だけでも取り返して……」

「いい。どうせあいつに残ってるのは四君子の三人だけだ。虚勢を張ってみたところで、結界役が起きない上に他の傀儡たちをすべて倒されちゃ、逃げるので精一杯だろう」

鳩飼いを弱体化させることに成功したのは確かだ。一方で認めたくはなかったが、四君子が持つ呪いの目に対抗する手段がないのも事実である。

「また機が巡ってくるってんなら、もちろん座して待つつもりはない。次は必ず仕留める。それより今は」

瑠璃は双子を目で示した。今、惣之丞よりも優先すべきこと。権三は瑠璃の意図を呑みこんだらしく、押し黙った。

「お前たち」

瑠璃は痛みをこらえながら双子へ声をかけた。二人は錠吉につき添われて、身じろぎもしない。

瑠璃も、錠吉も権三も、二の句を継げなかった。幼い二人が直面した残酷な事実は、どれ

だけ言葉を尽くしても、解消してやることができないように思われた。

やがて栄二郎が、静かに口を開いた。

「お願いがあるんだ。皆、さっきの部屋に来て」

豊二郎も無言で瑠璃を見つめる。

双子の瞳は、何かを悟ったかのように大人びていた。

瑠璃は逡巡した後、黙って目を伏せた。


改めて見た鈴代の体は、目をそらしたくなるほどの痛々しさであった。

四肢を切断され、骨が露出するまで胸の肉をえぐられても、呪術を施された頑丈な鬼の体では、簡単に息絶えることができない。鈴代の口からは聞こえるか聞こえないかくらいの、弱々しい虫の息が漏れていた。

顔には闇を孕んだ口と眼窩。角は一寸半ほどだろうか。鬼特有の貼りつけたような笑みは浮かべていない。鈴代の顔からは怒りも哀しみも、感情の色というものが、一切感じられなかった。

人の自我を保持できているのか、あるいは獣に成り果てているのか。意思があるのかすら怪しく、見ただけでは判別できなかった。

「この傷跡は〝つりつり〟でしょうね」

錠吉は鈴代の腹部にある傷を検めていた。生前につけられたのであろう、無数の刺し傷。

「つりつり、か」

瑠璃はその名称を耳にしたことがあった。

つりつりは、遊女に対して行われる折檻の一種だ。数ある折檻の中でも、最も残忍な手法である。

遊女の口に猿ぐつわを噛ませ、両手と両足を縛って天井の梁に吊るす。その上で遊女を何度も殴打し、衣裳で隠せる腹や脚を、下から槍でつつくのだ。

他の折檻とは異なり、つりつりはお内儀や遣手ではなく、楼主が自ら行った。同じ女にやらせるにはあまりに酷で、手を緩めてしまう可能性があるからだ。遊女に情け容赦のない遣手でさえも、躊躇する折檻と言えよう。

つりつりは、幸兵衛が率いる今の黒羽屋では行われていない。瑠璃も直接は目にしたことがなかったが、話に聞くだけでも恐ろしいものであることは容易に想像できた。

権三も鈴代の体を確認し、顔を曇らせていた。

「おそらく鈴代さんは黒羽屋にいた頃、何らかの理由で折檻を受けた。つりつりを行った先代の楼主はきっと最初から、端女郎に鞍替えさせるつもりでいたんでしょう。痛々しい傷があってはもう、大見世にいられませんから」

死なぬ程度に加減されるとはいえ、妓の体には当然、痕が残ってしまう。先代の楼主は遊女の価値を著しく損なうと承知した上で、執拗に鈴代を痛めつけたのだ。

――一体、鈴代がどんな失態をしでかしたっていうんだ。

黙していた瑠璃は、双子の横顔を見て、不意に答えが浮かんだ気がした。が、口に出すことはしなかった。

「母ちゃん」

「おっ母さん」

豊二郎と栄二郎は堰を切ったように鈴代に駆け寄ると跪き、手足のない体を抱き締めた。

端女郎となった鈴代は双子を産み落としたことで体の限界を迎え、息絶えたのだろう。己の身を嘆き、世を恨み、鬼になった。そうして江戸をさまようちに捕らわれ、傀儡にされてしまった。

「ごめんな。もっと早く、助けたかった」

「痛かったよね。辛かったよね。ずっと、ずっと……」

鬼の寿命を超えても朽ちることを許されなかった鈴代。肉を削がれ、手足をもがれ、骨を削られ、徐々になくなっていく体。鬼となった後も拷問の日々を強いられ、本来抱いていたはずの恨みすら失くしてしまったのだろう。「地獄」というには生温い、生殺しの苦しみを味わい続けていたのだ。

母のこめかみに自らの額をくっつける双子は、まるで痛みを少しでも分かちあおうとしているかのようだった。

鈴代は声を上げることもなく、虚ろに俯いている。双子の声も聞こえないのだろうか。度重なる激痛に耐えかね、すでに心が死んでしまったのだろうか。

長い沈黙を破るようにして、栄二郎が、瑠璃に顔を向けた。

少年の顔は躊躇いをぬぐったかのように哀しく、穏やかだった。

「頭。飛雷を、お願い」

「……栄二郎……」

瑠璃の心はやりきれぬ思いで押しつぶされそうだった。豊二郎もまた、請うような眼差しで瑠璃を見ていた。

ようやく会うことの叶った母。強がって口にすることこそなかったが、双子はずっと母親を恋しく思っていたはずである。

しかし今の二人は、母を苦しみから救うにはたった一つの方法しかないことを、痛いほど意解していた。

「頼む瑠璃。母ちゃんを、救いたいんだ」

双子は覚悟を決めていたのだ。母と永遠に別れる、覚悟を。

「……わかった」

二人の想いを察しては、断ることなどできるはずもない。

瑠璃は飛雷の切っ先を鈴代に向けた。

鈴代は我が子がそばにいても、刀を突きつけられても、声を発しない。豊二郎と栄二郎は母を一層強く抱き締めた。二人の姿は別れを拒んでいるようにも、懸命に母の想いを胸に刻もうとしているようにも見えた。

飛雷の刃が、そっと、鈴代の体を貫いた。

胴体が、頭が、次第に黒い砂となっていく。錆びついていた蝶の簪も鈴代と一体化していたのか、砕け散っていく。

ふと、瑠璃は頭の中で微かな声を聞いた気がした。

——鈴代……。

黒砂が次第に、冷えた空気の中へと薄れていく。鈴代は魂を浄化され、消滅した。

母の体が消えた後も、双子は残像を掻き抱くかのように、その場から動こうとはしなかった。

十

霜が白々と降りた薄暗い夜明け前、最も寒さが身に染みる時分である。

黒雲の五人は深川へと続く小名木川を越えようとしていた。冷えきった体で、互いに何も言わず、歩を進める。耳に聞こえるのは冷たく侘しい風の音と、積もった雪を踏みしめる足音のみ。

最後尾を歩く瑠璃は、前にある豊二郎と栄二郎の背をちらと見た。双子は錠吉と権三に挟まれて、ひたすらまっすぐ、仮宅への帰路を進む。

どんな顔をして、何を思っているのか。

瑠璃は幾度となく口を開きかけたが、いくら頭を振り絞ってみても、二人の心を慰められる言葉は見つからなかった。体の芯にまで染み渡る冬の寒気を吸いこんだだけで思い止まり、口を噤む。錠吉と権三の背中からも、同じ思いを抱いているのが伝わってきた。

年長者である三人は、双子をどうすればこれ以上傷つけずに済むのかと、考えあぐねてばかりいた。

「ああもう、こういう空気は嫌いだぜ」

いきなり豊二郎が大声を出したので、地面を見ていた瑠璃は顔を上げた。

豊二郎は立ち止まり、むすっとした顔で年長組を見渡す。

「皆も見たろ？　惣之丞が尻尾を巻いて逃げていく姿を。俺たちは勝ったんだ。せっかく地獄をぶっ潰して鳩飼いに一泡吹かせてやったんだからよ、もっとこう、ぱあっと行こうや」

「そうだ、兄さんの言うとおりだよ。おいらもこういうのは苦手なんだよねぇ」

栄二郎も歩みを止め、おどけたように笑っている。

「でも、お前たち……」

権三が隣にいる栄二郎の背中に手を添えようとする。が、そのまま拳を作り、宙にさまよわせた。

「権さん。おいらたちなら大丈夫だから、ね？」

栄二郎は引っこめようとしていた権三の手を取り、うなだれた顔を覗きこむ。

「錠さんも瑠璃も、わかったか？　俺たちはこうしてぴんぴんしてるんだから、しみったれた顔すんなって」

豊二郎は腰に手を当ててふんぞり返っている。気丈な態度に、錠吉も思わず俯いた。

「そんな芝居が、わっちに通用するとでも思ってんのか」

はた、と双子は瑠璃に目を向けた。

瑠璃の瞳は心の奥まで見透かすかのように、豊二郎と栄二郎をまっすぐ見つめていた。

「もう、頭ってば顔怖いよ。ていうか芝居って何？　おいらたちはいつも通りじゃないか」

「俺たちだってこれまで鬼をたくさん見てきたんだ。今さら何が起こったって……」

「もうやめろっ。見ちゃいられねえ」

瑠璃は沈痛な心持ちを隠せなかった。胸の奥底から熱いものがこみ上げてくる。顔をしかめ、それが外に出てこぬよう、必死にこらえた。

双子は瑠璃の怒鳴り声を聞いて一転、目をそらしていた。

「……最初で最後だったけど、母ちゃんに会えた。十分だよ」

「頭、ごめんね。辛い役目をお願いしちゃって」

双子の母、鈴代は吉原にいる間も、鬼となって吉原を出た後も、長い苦しみから逃れることができなかった。来る日も来る日も痛みを与えられ、物のように扱われ続ければ、心が死に絶えてしまうのも無理はない。飛雷で魂を浄化できたことはせめてもの救いであろう。

豊二郎と栄二郎は、母親が浄念河岸の端女郎であり、鬼に成り果てた女であることを知っていた。だが、母の背景にあった出来事については、知る由もなかった。黒羽屋で残忍極まりない折檻を受け端女郎に落とされたことも、鬼となってから鳩飼いの道具にされていたことも。

瑠璃は双子に歩み寄った。

「惣之丞を逃がしたのはわっちの判断だ。五人そろえば四君子にも対抗できたかもしれねぇけど、あの時はどうしても、お前たちを優先したいと思って……すまない」

双子は同じように首を振っていた。口をへの字に曲げ、顔に目一杯の力を入れている。

鈴代が双子の母親であることを、惣之丞は本当に知らなかったのであろう。表情を注意深く観察していた瑠璃は、惣之丞が芝居を打っている時と素の時とをしっかり見分けていた。あの時の惣之丞は、嘘をついていなかった。

しかしいくら知らなかったとはいえ、それで鈴代への仕打ちが許されるわけではない。双子の心には今、惣之丞への憎しみが兆していることだろう。

「強がらなくたっていい。憤って当然、恨んで当然だ。お前たち、わっちらに心配をかけたくないと思ってるんだよな。その気持ちを否定するつもりはないが……お前らにとって、わっちらは何だ？」

双子は地面を見つめ、黙していた。

二人はまだ元服前、心身ともに成長の途中である。母親の身に起こった真相は、二人にとって重すぎた。ともすれば今後あるべき明るい未来に、深い影を落としかねない。

支えあう同志がいなければ。揺るぎない、心の縁（よすが）がなければ。

「飛雷で鈴代を貫いた時、声がしたんだ。飛雷を通すことで鈴代の思念が直接、伝わってきたんだと思う」

鈴代の声は、飛雷を握る瑠璃にしか聞こえていなかった。伝える義務がある。瑠璃は躊躇いを捨てた。

「鈴代は、お前たちが自分の子だと気づいていたよ」

双子の体がぴくりと反応した。

赤子の時に離れ離れになっても、母親というものが我が子を忘れることはないのかもしれない。鈴代は鬼になり、傀儡になってからも、双子の行く末を思い続けていた。どれだけ世を恨んでいても、子らへの祈りは、捨ててなどいなかった。

──ああ、大きくなったのね。優しい子たち、泣かないで。母親らしいことを何もできなくてごめんなさい。どうか、強く生きて。あなたたちのことを、いつまでも、思ってるから……。

母の最期の言葉を、双子は静かに聞いていた。彼らの足元に、ぽつりぽつりと水滴が滴った。

雪が染みるのもかまわず地面に膝をついた瑠璃は、両腕で双子を抱き寄せた。

「瑠璃」

「頭……」

瑠璃の肩に顔をうずめ、双子は激しく震えていた。瑠璃は黙って双子の頭に触れる。両肩に涙が熱く、滲んでいくのを感じた。

「豊二郎、栄二郎。お前たちはわっちの、大切な同志だ。決して替えの利かない存在だ。お前たちの心に傷がつくのは、とてもじゃないが耐えられない」

結界役という肩書きは、瑠璃にとって重要ではなかった。四年半という歳月をともにし、鬼退治の過酷な任務をこなすうち、瑠璃の中で双子は弟も同然の存在になっていた。

「鈴代の代わりがいないこともわかってる。けど、一緒に重荷を背負うくらいはさせてくれ。お前たちが哀しんでいると、わっちも胸が張り裂けそうなんだ」

双子は嗚咽を押し殺し、瑠璃の羽織を強く握り締めた。

錠吉が豊二郎の肩に、そっと手を置く。

「二人とも、辛い時は我慢をするな。俺が苦しんでいた時も、お前たちはずっと励ましてくれたろう。あれでどれだけ救われたか……だから俺も、お前たちの支えになりたい」

「心の痛みってのは、誰かと共有することで和らぐこともある。遠慮なんかしなくていいんだぞ。俺たちはいつでも、お前たちのそばにいるからな」

権三も栄二郎の肩に手を添え、温和に語りかけた。

気丈なふるまいは、傷心の裏返し。錠吉も権三も、双子が心で涙に暮れているのを悟っていたのだった。

双子はしばらくの間、瑠璃にしがみつくようにして泣いていた。瑠璃も目を閉じ、二人の涙を受け止めた。

血の繋がりなど、些細なこと。

亡き義父とまったく同じ想念がこの時、瑠璃の心に生まれていた。血縁があろうと、時として人は憎しみあう。しかし血縁がなくとも、人は支えあうことができるのだ。だとすれば、囚われる必要がどこにあろうか。それよりも確かなものが今、腕の中にあるのだから。

どれほどの時が経ってからか、双子は顔を上げた。

「兄さん……」

「わかってるよ、栄」

互いを見て、示しあわせたように頷く。

仲間たちに顔を向けた二人の目は、真っ赤だった。頰には幾筋もの涙の痕。ただ、瞳の奥には、これまでに見たことのないほどの強い輝きがあった。

瑠璃は二人の双眸に、勇気が宿ったのを感じ取った。

「俺たちは双子、たった二人の兄弟だ。これまで以上に支えあって生きていく。でも、俺たちは二人きりじゃない」

「頭、錠さん、権さん。皆ありがとう。おいらたち、もっと皆の力になりたい。まだ月代も剃れてないけど、でもおいらたちにできることをしたいんだ。この五人でいるのが、好きだから」

瑠璃は立ち上がり、豊二郎と栄二郎の頭を撫でた。

瑠璃たちが双子を思っているのと同じくらい、双子も瑠璃たちのためになりたい、力をつけたいと望んでいるのだ。

「おう。お前らの気持ち、しかと受け取ったぞ」

瑠璃は目元を緩ませた。双子の瞳が、夜空に煌めく星々のように、尊く愛しいもののように思えた。

心が誰かと同じ方向を向いているというのは、こんなにも心を丈夫に、温めてくれるものなのか。瑠璃は黒雲の頭領として男衆と出会えた運命に、かつてないほどの深い感謝を覚えていた。

「焦って大人になろうとしなくていい、しんどい時は打ち明けろよ。哀しいことでも、腹が立つことでも、どんなことでもかまわない。わっちらはもう、ただ任務をこなすだけの仲じゃないんだからな」

この先も、一筋縄ではいかぬことが待ち受けているかもしれない。心を締めつける出来事に直面することがあるかもしれない。

――でもきっと、乗り越えていける。五人で、一緒に。

「さあ、帰ろう……黒羽屋へ」

双子の肩を強く抱き、瑠璃は歩きだした。

いつしか風は凪ぎ、空は白み始めていた。荒涼とした大地に陽の光が淡く差す。長い夜は、ようやく終わりを迎えようとしていた。

瑠璃は天空を仰ぐ。

うっすらと烟った霞の向こうに、寒雁の群れが寄り添って飛んでいくのが見えた。

早朝の仮宅は静寂に包まれていた。遊女も客も、まだ夢の中なのだろう。

瑠璃は裏口から黒羽屋に入り、床板がきしまぬよう忍び足で歩く。物置になっている小さな部屋に体を滑らせると、袴を脱ぎ、長襦袢と小袖を羽織る。

吉原の妓楼とは違って、仮宅には地下通路がない。おまけに外出する際、瑠璃の部屋には禿がいた。そこで仕方なく小部屋で変装をし、朋輩たちに気づかれぬよう裏口から出たのだった。吉原のように厳重な警備はないに等しいため、よくよく気をつけてさえいれば滅多なことはない。

無事に着替えを済ませて自室へと向かった瑠璃は、襖を開きかけてふと、立ち止まった。

部屋の中から声がするのだ。この日は身揚がりをしていたので、客がいるはずはない。

警戒しつつ襖を開き、中をのぞきこんだ瑠璃は、たちまち青ざめた。

「なあなあお前さん、見えてるんだろ？　こら、目ぇそらすなって」

「やめろよがしゃ、怖がってるじゃねえか」

「あはは、火の玉さん、今日は一段と楽しそうだねえ」

「何してんだお前らっ」

瑠璃は急いで部屋に入り、後ろ手で襖を閉めた。

部屋には三体の妖がいた。

髑髏のがしゃに油すましの油坊、そして袖引き小僧の長助が、やんやと瑠璃を迎える。

「よお瑠璃、久しぶりぃ」

「この阿呆髑髏、何が久しぶり、だ。事情が変わったから呼ぶまでは来るなって言っただろうがっ」

瑠璃はがしゃに裏拳をかましながら、慌てて部屋の隅へと目をやった。

ひまりが、おびえたように身を強張らせていた。目は忙しなく空中を漂っている。

油坊が発現させた怪火が、ひまりの視界に入ろうとしつこく動きまわっていた。

「油坊、あれを止めねえかっ。それよりひまり、こいつらが見えて……」

言いかけた時、廊下からどすどすと歩く音がした。重量感のあるこの足音は、間違いない。瑠璃はさらに顔を引きつらせた。

「お前ら、そこを一歩たりとも動くな。少しでも動いてみろ、ただじゃおかねえからな」

険のある凄みを受け、妖たちが金縛りにあったかのごとく固まる。と同時に、部屋の襖が開かれた。

「おや、戻ったんだね瑠璃。随分と遅かったじゃないか」

顔を出したのは黒羽屋の遣手、お勢以であった。

「あ、ええまあ。ただいま、お勢以どん」

瑠璃は作り笑いでごまかした。

お勢以は妖の姿を見ることができない。瑠璃に妖を見る力があることも、妖たちと酒宴を開いていることも承知してはいるものの、妄言なのではといつも半信半疑であった。

「裏の仕事が終わったら声をかけろと言ってあったろう」

黒雲のことも認識している遣手には、念のため外出することを伝えてあった。お勢以は部屋を鋭い目で見渡す。

「おかしいねえ。今、誰かと話していなかったかい」

しかし遣手の目には、瑠璃とひまりしか映っていない。口を利けないひまりに大声を出していたのかと、お勢以は怪しげな顔をしている。

今ここに人ならざる者がいると説明しても、ややこしいことになるだけだ。瑠璃は無言で妖たちに睨みを利かせた。

「いや別に？　独り言ですけど」

「でかい独り言を言うんだね お前は。お客を起こしたら苦情が……」

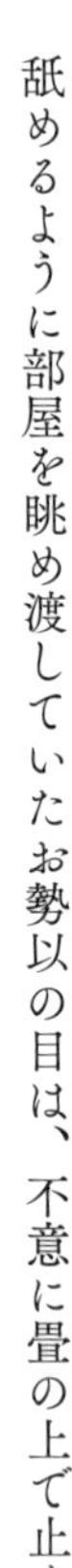

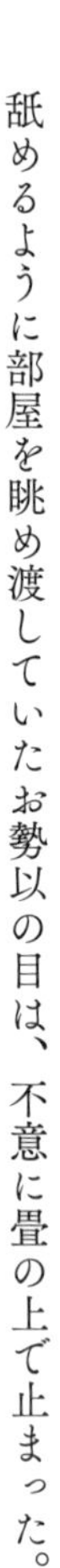

舐めるように部屋を眺め渡していたお勢以の目は、不意に畳の上で止まった。

「何だいこれ、血じゃないか」

「えっ」

瑠璃も畳へ視線をやる。お勢以が言うように、赤黒い血が点々と畳に落ちていた。血は瑠璃の横を過ぎ、部屋の隅、ひまりの立つ辺りへと続いている。

「ひまり、お前……初潮が来てたんだね？」

低く発せられたお勢以の言葉に、瑠璃の心はにわかに狼狽（ろうばい）した。

「その時が来たら直ちに報告するよう、あれほど言ったのに。困った子だねえ」

ひまりは口を閉ざしたまま、遣手の放つ物々しい気迫におののいている。

禿は十五かそこらで新造となることが多いが、明確に年齢を定められていないのは、初潮を待つからである。

初潮が来るということは、女の体になるということ。つまり初潮さえ来れば、すぐに客を取らねばならなくなるのだ。

「まあいい、早熟のようだが準備が整ったことに変わりはない。覚悟はできてるね」

お勢以は意地の悪い笑みを浮かべた。

引っ込み禿であれば、ありとあらゆる教養を仕込んでから見世に出すため、初潮が来たところで客を取らされることはない。だが口が利けなくなったひまりは、引っ込み禿になるのを諦められていた。それは即ち、猶予を与えてもらえないということを意味する。

お勢以は怖い顔でひまりに近づいていく。きっとすぐにでも水揚げの手配をするつもりなのだろう。

瑠璃は必死で頭を回転させた。

――まずい、まずいぞ。どうすれば……。

と、足元に一本の簪が転がっているのが目に入った。亡き朋輩、津笠の形見である簪。

天の助けとはこのことか。衝動的に拾い上げた瑠璃を見て、隣にいた油坊が目を大きく見開いた。

「脱ぎな、ひまり。ちゃんと初潮が来たか確かめて……」

「あっちゃあ、何か腹の調子が悪いと思ったら」

お勢以は顔をしかめて、素っ頓狂な声を出した瑠璃を見返った。

瑠璃は右手で腹を押さえ、左手で長襦袢をわずかにめくっている。白い足首には赤い血が一筋、伝っていた。

「昨日からおかしいとは思ってたんですが、どうも今月は早かったみたいで。すいませんお勢以どん、月のものが来てるとは気づかず歩きまわってたみたいです」

瑠璃は腹の鈍痛に耐えるように、顔を歪ませた。

「何だい、お前の月のものか。客に迷惑がかかるから管理はしっかりしておけと言っているのに、まったく。それじゃ今日も身揚がりかえ」

「そうですねえ、こればっかりは。堪忍え」

瑠璃は乾いた笑い声を上げた。額に脂汗が滲んでいるのを見て、遣手はわざとらしく舌を鳴らす。

「ひまり、何をぼさっとしてる。染みにならないうちに畳を掃除しときなっ。瑠璃、酒を飲みすぎるから月のものが不定期になるんだよ。しばらくは抜くんだね」

「はは……心得ておきます」

お勢以は瑠璃に向かってもう一睨みすると、大きな体を揺らして部屋を出ていった。

パタン、と襖が閉じた後、油坊は大急ぎで瑠璃の体に触れ、足を見やった。

「おいおい、大丈夫かよ瑠璃。無茶するなあ」

「……痛い。本気で痛い」

油坊が慌てて長襦袢を腿までめくる。

瑠璃の腿には一点の刺し傷があった。左手に隠し持っていた簪から血が滴り落ちる。

「花魁、もしかして自分で刺したの？」

長助が目を丸くした。

「うひゃあ、こんなに深くぶっ刺さなくても」

がしゃも刺し傷を見て、恐ろしげに目元を手で覆っていた。ただ、手にも肉がないので丸見えてある。

油坊が自分の袖を裂き、傷口に巻いてやる。

瑠璃は油坊に応急処置をしてもらいながら、ずきずきと痛む腿にうめいた。

「こうでもしないとあの遣手婆は退かねえからな。放っておきゃ、否応なしに客との同衾を強要されちまう」

しかし十歳のひまりは、心も体もまだまだ不安定だ。焦った瑠璃は瞬時の判断で自らの腿を簪で刺し、血は自分のものだと嘘をついたのであった。

「ごめ、なさい」

か細い声を聞いた気がして、瑠璃は妖たちへと目をやった。

「長助、何か言ったか?」

「うん?」

袖引き小僧は両目をしぱしぱさせている。がしゃと油坊は声の主に気がついたらしく、部屋の隅をじっと見つめていた。

「……ひまり、今、お前が喋ったのか?」

問われたひまりは、蒼白な顔をしていた。体が小刻みに震えている。

「ごめんなさい。わっちの、せいで」

腿の痛みなど吹き飛んだ。瑠璃はひまりに駆け寄り、小さな肩をつかんだ。

「何だよお前、喋れるようになったのかよ。はあ、よかったあ」

気が抜けたように畳にへたりこむ。一方のひまりは立ったまま口を引き結んでいる。視線は、瑠璃のはだけた腿へと注がれていた。

瑠璃は長襦袢で腿を覆い隠した。

「気にすんな。わっちは訳あって体が丈夫でな。こんな小せえ傷、一日もすりゃ消えてなくなるから」

笑ってひまりの手を引っ張った。姉女郎に促されるようにして、ひまりも腰を下ろす。

「でも、痛いでしょう」

「お前の声を聞いたら、痛いのなんかどっか行っちまったよ」

言いながら瑠璃は心で、朱崎と鈴代の姿を想起していた。

追憶で見た朱崎は、妹女郎の鈴代を掛け値なしに大事にしているように見えた。二人の間にあったのは確かな絆、そして信頼。ほんの一時を目にしただけだったが、二人が語らう光景は、瑠璃の心に印象深く残っていた。

ひまりを庇った行為は、かの太夫に感化されたものだったのである。

「それに津笠もきっと、こうするだろうと思ってさ」

先の姉女郎の名を聞いて、ひまりは目を潤ませていた。

「津笠、姐さん……」

ひまりはたどたどしい口調で、抱えていた思いを瑠璃に明かした。

津笠という存在は、妹だったひまりにとって途轍もなく大きかったようだ。ひまりは心から津笠に甘え、慕っていた。津笠も本当の妹かのようにひまりを気遣い、慈しんでいた。

しかし津笠は、死んでしまった。姉女郎を失った喪失感は、ひまりから声を奪った。何か訴えたくとも、どうにも声が出ない。遊女たちの間を盥まわしにされ、他の禿や客、遣手にも冷たく当たられるうち、ひまりはついに喋ることを諦め、心までをも閉ざしてしまったのだった。

「津笠姐さんは、優しい、人でした。いつもわっちを、庇って、守ってくれて」

ひまりは目からぽろぽろと涙をこぼしていた。

「……そうだな。津笠みたいに優しい女は、他にいないよ」

「瑠璃、姐さんも、優しい人」

ごく小さく発せられた言葉に、瑠璃は胸を衝かれた。ひまりは恥ずかしそうに下を向いている。

「瑠璃姐さん、ありがとう、ございます。わっちの、ために」

固く閉ざされたひまりの心は、自らの体も顧みぬ瑠璃の行動によって解きほぐされた。敬愛していた姉女郎と、瑠璃の姿とが重なったのであろう。

瑠璃はひまりの頬を伝う涙を、手の甲でぬぐってやった。

「姐さん、か。そう呼ばれるのも悪くねぇモンだ。ひまり、もし誰かに嫌なことされたら、すぐに言えよ？　どんな奴でもわっちがぶっ飛ばしてやるからな」

ししし、と白い歯を見せる。ひまりもつられて笑顔を見せた。

ひまりの顔には、もう暗く陰鬱な色がなかった。あるのは年相応の少女らしい、屈託のない笑みだ。

「ようよう、お前ら。俺たちを忘れて盛り上がってんじゃねぇよ」

瑠璃はすぐさま白けた顔になって振り向いた。

がしゃがずかずかと歩み寄ってきたかと思うと、しゃがみこみ、ひまりの顔をのぞきこむ。

「ひぃっ」

「ほれ、やっぱ見えてんじゃねぇか。無視すんなよなあ、傷つくぜ」

「ひまり、妖どもが見えるんだな？　いつから？」

これまで瑠璃は、ひまりが自分を怖がっているものだとばかり思っていた。だが実のところ、ひまりは妖におびえていたのである。

ひまりは瑠璃の問いかけも耳に入らないようで、髑髏から後ずさっている。

「がしゃ、やめろって。お前の姿は怖がられて当然だろう」

「……火の玉もな」

瑠璃はじとりと油坊を見た。今やひまりの周囲には七つの火の玉が踊っていた。火の玉た

ちはひまりと遊びたがっているようだが、怖がるひまりには伝わらない。

「えっ……そうだったのか。すまん、ひまり」

なぜか火の玉は怖がられないものだと高を括っていたらしい。油坊は寂しそうにうなだれると、手を叩いた。音にあわせて火の玉たちが次々に消えていく。

ようやく一息つけたひまりを、今度は長助がのぞきこんだ。

「ねえ、ひまりちゃん。おいらの姿も見える？」

長助の頭はひまりの四倍ほどはある。また怖がらせてしまうと感じた瑠璃は、長助を止めようとした。

ところが意外にも、ひまりはすんなり頷いた。

「うん、見える」

「そっか、やったあ。ならひまりちゃんの心も、綺麗ってことだよ」

長助は大きな顔をほころばせた。

袖引き小僧の姿は妖を見る素質がある中でも、心の清い者にしか見えない。変わった性質を持っているからなのか、ひまりも長助は怖くないようだった。

「何でえ、俺だって怖くねえっつうの」

がしゃが不服そうな声を漏らす。油坊はといえば、火の玉を怖がられたことになおも落ちこんでいる様子だった。

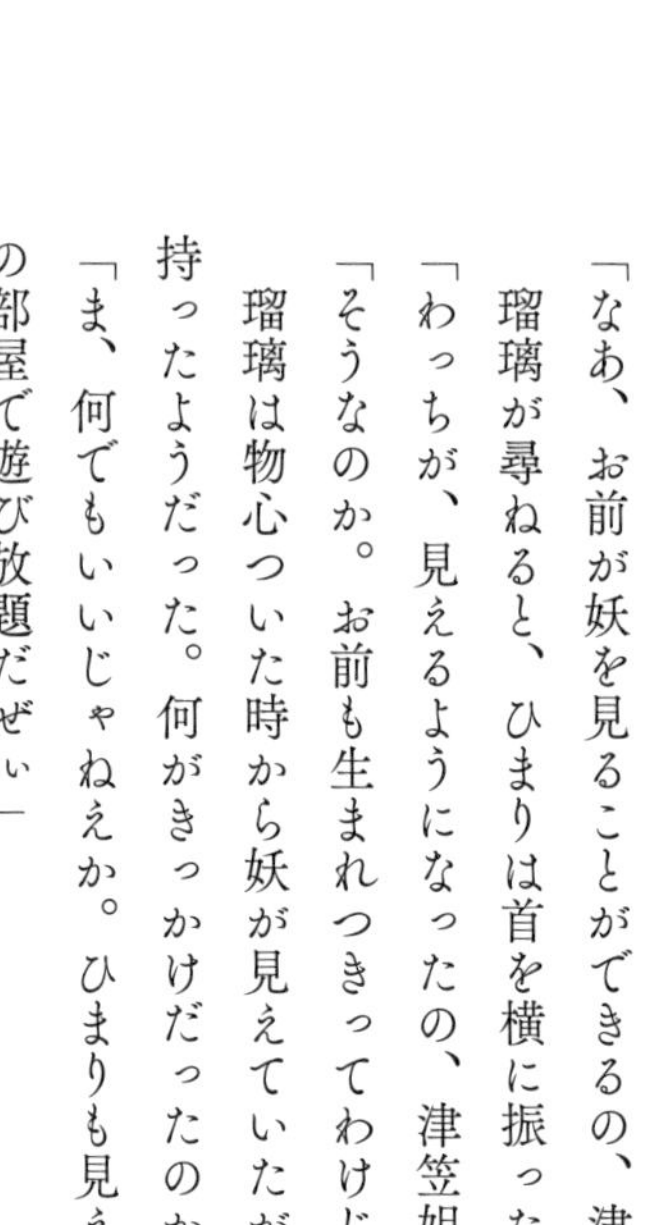

「なあ、お前が妖を見ることができるの、津笠も知ってたのか？」

瑠璃が尋ねると、ひまりは首を横に振った。

「わっちが、見えるようになったの、津笠姐さんが、いなくなってから」

「そうなのか。お前も生まれつきってわけじゃないんだな」

瑠璃は物心ついた時から妖が見えていたが、津笠やひまりの場合、ある日突然に見る力を持ったようだった。何がきっかけだったのかは、未だに解せぬままだ。

「ま、何でもいいじゃねえか。ひまりも見えるんなら、もう気を遣う必要がねえ。また瑠璃の部屋で遊び放題だぜぃ」

がしゃは小躍りをしている。ひまりがいることで遊びに来るのを禁止されていた妖たちは、どうにも退屈していたらしい。

「もうすぐ吉原に戻るんでしょ？　広い部屋に戻ったら、また皆で集まろうねえ」

長助も大いに嬉しそうだ。

「一応言っとくが、毎日は駄目だからな？　花魁の仕事もやらにゃ、また小言を聞かされちまうし……そういやお恋は、来てないのか」

瑠璃は部屋を見まわした。信楽焼の姿はそこになかった。

「ああ。この前見かけたが、何だか元気がなさそうだったたな」

油坊は首を傾げている。山にこもっていることの多い油すましは、お恋が気落ちしている理由をまだ詳しくは知らない。

そうか、と瑠璃は小さく言った。

涙を流すお恋の姿が、心をよぎった。

こまは結局、つかまえることができなかった。お恋はきっと悲しむだろう。あの稲荷神たちも、また文句を言いに来るに違いない。そう思うと、瑠璃の口からは我知らずため息が漏れ出た。

「なぁに不景気な顔してんだあ？　そういう時ゃ酒だ、酒。おい油坊、今日も持ってきてんだろ」

「おうよ。油坊特製、極上の寒造だ」

油坊はにかっと笑うと、畳の上に置いてあった三段造りの岡持ちを開けた。中には「油」と書かれた丸瓶が入っている。うひょお、と髑髏は歓声を上げた。

「わあい、お酒だあ」

「長助は見かけによらずいける口だもんな。これは冬しか醸造できない特別な酒よ。直に暖かくなってくるから今限定っ。さ、飲もうぜ」

「ひまり、悪いが調理場に行って肴を見繕ってきてくんねえか。残りものでも何でもかまわんから」

丸瓶を目にした瑠璃は、辛抱たまらなくなっていた。妖たちはさっそく猪口に酒を注いで

いる。

「えっと……何人前、くらいを？」

ひまりは陽気な妖たちに拍子抜けしているようだ。おびえていた表情が和らぎ、代わりに呆れたような顔つきをしていた。

「あるだけ全部」

「さっすが瑠璃、太っ腹っ」

いよっ、と妖たちが音頭を取る。

遊女の朝は遅い。それまでの間、瑠璃の部屋では人知れず、酒宴に酔いしれる賑やかな声が響いていた。

終

「なぜあなたがずっと、わっちらに隠し事をしてきたのか。ようやくわかった気がします」

黒羽屋の内所で、瑠璃はお喜久と向かいあっていた。こうして面と向かって二人きりで話をするのは、随分と久しい。

お喜久と実質上の決別をしてから、実に様々なことがあった。瑠璃は自身の目で見た事実を一つひとつ、思い返す。

お喜久は黙って瑠璃の話に耳を傾けていた。

「楢紅のこと、双子の母親のことも、あなたは頑として話したがらなかった。それはお内儀さん、あなたが、悔いていたからじゃありませんか」

朱崎の追憶で見たこと。地獄で知りえた鈴代のこと。今までの出来事をすべて語ると、お喜久は目を伏せた。

「……そうだ。私はずっと、悔いていた。誰も救えなかった過去を、力のない自分を。自責を重ねてこれまで生きてきた。話すことが、怖かったのかもしれない」

お喜久の瞳には重苦しい陰が差していた。

朱崎が惣之丞を産んだ時、二人が引き離されてしまうのを、お喜久は阻止することができなかった。傀儡師の力がなかったお喜久はどこかで負い目を感じていた。だからこそ先代のお内儀、つまりは実の母に、逆らうことができなかったのだ。

「朱崎と私は相棒だった。朱崎は傀儡師として、私は結界師として、二人で鬼退治をこなしてきた。朱崎が優しい女だということは瑠璃、お前もよくわかっただろう」

ええ、と瑠璃は小声で答えた。

使役する玉菊にも心を配っていた朱崎の姿は、お喜久の目にはことさら慈悲深く映っていたことだろう。

「私はそんな朱崎を、表でも裏でも支えたいと願っていた。朱崎も私に心を開いてくれていたよ。けれど私は、朱崎を裏切ってしまったんだ。朱崎は私を憎んでいただろうね。きっと、私の母以上に」

朱崎にとっても、お喜久は大切な相棒であった。根性曲がりの母親とは異なり、お喜久なら支えになってくれる、味方をしてくれると、信じていたに違いない。

信頼する者に裏切られることは、何よりも辛く、受け入れがたい。瑠璃はこれまでの鬼退治を通して、鬼になる人間の心理というものが一層、推し量れるようになっていた。

「朱崎と鈴代は、黒羽屋で姉妹関係にあったんですよね。朱崎が生き鬼になった後、鈴代はどうなったんですか。何でつりつりなんてむごい目に……」

「鈴代が身籠ったからだ。それも一人じゃなく、二人もね」

吉原で遊女が妊娠することは、忌むべきことのように捉えられていた。加えて二人以上の赤子を孕むことは、「畜生腹」として社会から蔑まれる風潮にあった。鈴代が折檻を受けることになったのは、まさに豊二郎と栄二郎を身籠ったのがきっかけだったのだ。

――やはり、そうだったか。

聞くまでもなく、瑠璃は答えに予想がついていた。しかし双子に言わなかったのは、正解だったであろう。

「朱崎は太夫だから出産ができた。けど鈴代は、違ったんですね」

お喜久は首肯した。

「お前の言うとおりだよ。気が弱い鈴代は、朱崎のように名妓になる力量を持ちあわせていなかった」

そんな鈴代を、朱崎は姉女郎として守っていたそうだ。だが生き鬼となり、鈴代のそばか

らいなくなってしまった。

「鈴代が妊娠しているとわかった時、鈴代を守る者は、もう誰もいなかった……つりつりを行ったのは私の父だ」

お喜久の父、当時の黒羽屋楼主は、つりつりの前にも様々な折檻を行って堕胎を試みた。が、ことごとく失敗していた。もはや鈴代は不要だと判断したお喜久の父は、腹いせに最も残虐な折檻を行い、浄念河岸に落とした。

「私はこの時も、父を止められなかった」

お喜久は目を閉じ、当時の心境をつぶさに語った。

朱崎が大切にしていた妹女郎。朱崎への償いを望むなら、何としてでも鈴代を守るべきであった。しかし結界師の力しかないことを詰られて育ったお喜久は、意見する勇気を持ちえなかった。逆らわぬよう育てられてきたとも言える。結果として鈴代は折檻を受け、端女郎にさせられてしまった。

お喜久は黒羽屋を追い出された鈴代を案じ、幾度となく浄念河岸に足を運んだ。だが大見世の次期お内儀という立場を思えば、端女郎にしてやれることはほとんどない。施しをしているのを誰かに見られると後ろ指を差されることになるからだ。大見世の権威に何よりも重きを置く父は、決して許さないだろう。

ここでもお喜久は自らを縛りつける見えない鎖に、がんじがらめになっていた。

「結局、力になることはできなかった。折檻で傷だらけになり、浄念河岸の劣悪な環境に置かれた鈴代は、体が弱っていたんだろう。双子を産んだ後で息を引き取った。私は最期を看取ってやることもできなかった」

「そして鈴代は鬼に、なったんですね」

お喜久はわずかにまぶたを開いた。

「鬼になった鈴代が真っ先に狙ったのは私の父だった。父は全身に穴が開いた、蜂の巣となって発見されたよ。鈴代の折檻への恨みが、それだけ強かったことの証さ。私は父に同情しなかった」

父が殺されたことで初めて、お喜久は鈴代が死に、鬼になったのだと悟った。取るものも取りあえず浄念河岸へ向かったお喜久は、鈴代の持ち場で双子の赤子を見つけた。

臍の緒がついたままの双子は、母の温もりを求めるかのように泣き続けていた。されど鬼になった鈴代が吉原に戻ってくることは、二度となかった。

「何も知らず必死に泣く双子を見て、私は……気づけば二人を抱いて、黒羽屋に戻っていた」

赤子の育て方など一つもわからなかったが、お喜久は日夜、双子の世話に明け暮れた。子持ちの芸者衆に頼んで乳を飲ませ、夜泣きをすればあやし、おしめを替えて、ぎこちないながらに二人を育てた。里子に出すことなど、到底考えられなかった。

その後、お喜久は他店の若い衆であった幸兵衛と夫婦になった。子ども好きな幸兵衛が双子を我が子のように可愛がったのが、お喜久にとってせめてもの救い。しかし幸兵衛が自分との子を望んでいるのを知っても、応える気にはなれなかった。

「豊二郎と栄二郎には何の罪もない。真実を知って傷つく顔を見たくなくて、それでどうしても、言えなかった。罪滅ぼしと言えば聞こえはいいが、それすらも、自分のためだったのかもしれないね」

沈んだ口調で過去を詳らかにするお内儀を、瑠璃は静かに見守っていた。

ややあって、お喜久は思い立ったかのように腰を上げた。

「浄念河岸にあった鈴代の局には、ぼろぼろの紙切れが落ちていたんだ」

「紙切れ？」

「ああ。おそらく双子を産む直前に、鈴代がしたためたんだろう」

お喜久は内所にある押し入れの奥から、小さな木箱を取り出した。瑠璃の前に腰を下ろし、木箱を開けてみせる。中にあった紙切れは変色した血で黒ずみ、ひどく汚れていた。

そこに書かれていたのは名前だった。

《命名　豊二郎　栄二郎》

瑠璃は声を詰まらせた。

——だって〝豊かに栄える〟って、とっても縁起がいいじゃない。

端女郎に落とされた鈴代は、己の死期を悟っていたのだろう。だが遺していく我が子に何も与えてやることができない。唯一遺せたのが、名前だった。

瑠璃はやるせない気持ちで、ぼろぼろの紙切れに目を落とした。

「鈴代は、鬼になっても双子を忘れていなかった。母親の想いは、あの二人もわかっていますよ」

「……そうか」

お喜久は抱えていた改悛の念を瑠璃に聞いてもらえたことで、憑き物が落ちたような顔つきになっていた。

在りし日の負い目を抱えこみ、自らを責め続ける苦しさは、瑠璃にも経験がある。幸兵衛が双子を養子にと望んでもお喜久が承諾しなかったのには、しかるべき理由があったのだ。お喜久の心情が、瑠璃は今なら深く、腑に落ちていた。

「私には傀儡師の力がない。結界だけでは、鬼を退治できなかった」

お喜久はぽつり、ぽつりと懺悔を続けた。

「鬼が現れたという噂を聞いても何もできないことが、心苦しかった。だからこそお前たちを集めたんだ」

お喜久は瑠璃の瞳を正視した。

傀儡を使って鬼の魂を消滅させてしまうことに、お喜久とて何も感じなかったわけではない。いかにして新体制の黒雲を作ればよいかと日々、暗中模索を続け、そしてついに瑠璃と出会った。

「思わず天に感謝したさ。お前にとっちゃ吉原に売られ、頭領の責を負わされ、たまったものではなかったろうが」

お喜久にとって瑠璃との出会いは僥倖。なぜなら瑠璃が持つ力は、お喜久が最も理想としていた力だったからだ。

姦巫の呪術とは異なる、龍神の、成仏の力。瑠璃ならば鬼の魂を消滅させることなく救ってやれる。

お喜久は退治の心得が皆無だった瑠璃を守るべく、護衛役として錠吉と権三を見つけ出した。結界役は自身で担うこともできなくはなかったが、四十に差しかかった体は衰え、昔ほど満足には動かない。足手まといになるのは瑠璃たちにとっても危険と判断したお喜久は、不本意ながら双子に結界を託すことにした。双子の血の結びつきは互いに共鳴しあい、強固な結界に繋がるだろうと踏んだのだ。かくして万全の体制で四代目の黒雲を整えることができた。

ところが新しく据えた頭領、瑠璃の性分は、お喜久の新たな悩みの種となった。

「こんなに気性が荒く不遜な態度の女を頭領にしていいものかと、あの頃は毎晩、頭を抱えていたよ」

「そんな風に思ってたんですね、っとに失敬な」

「それだけじゃない。お前は、鬼に入れこみすぎてしまうきらいがあった」

正面から悪口を言われ渋面をしていた瑠璃は、はたとお喜久を見た。

「余計なことを考えず、任務を淡々とこなすべきだと今まで何度も言ってきただろう。鬼を思えば思うほど、お前の性格なら泥沼にはまってしまうのではないかと、危惧していたんだ」

「お内儀さん……」

鬼となった者に感情移入をすれば、鬼が抱える闇を溜めこみすぎて、いずれ心が壊れてしまう。朱崎や鈴代との過去を通して身をもって痛感していたお喜久は、ゆえに瑠璃に冷たくしていたのだ。否、瑠璃が冷たいと感じていただけで、お喜久にしてみればそんなつもりはなかったのかもしれない。

「すまなかった。お前に味方なのかと問われた時、私はどう答えていいのかわからなかった……けれど、今ならはっきり答えられる」

お喜久は強い口調で言葉を紡いだ。

「私はお前たちの味方だ。それは昔も今も、そして今後も、決して変わることはない。信じられないかもしれないが、せめて頭の片隅に入れておいてほしい」

瑠璃はお喜久を見つめ返した。お喜久の瞳からは嘘や欺瞞、企みのようなものは感じられない。

ふ、と瑠璃は笑みをこぼした。

「楢紅の追憶で見たお内儀さん、あんなに可愛らしくて純真そうで。今の能面みたいな顔の人と同一人物とは、つくづく信じられねえや」

「瑠璃、あの頃と今は」

「違うって？　確かにそうだ。ただ心根はどうやら、変わってないみたいですけどね」

お喜久は虚を衝かれていた。話しているうち、お内儀の表情にはささやかながら変化が生まれている。

「信じます。その代わりと言っちゃ何ですが、お内儀さんもこれからはちゃんと、わっちらを信用してくださいよ？」

お喜久は気が緩んだように破顔した。初めて見るお内儀のぎこちない笑顔は、過去、朱崎と支えあっていた少女時代を彷彿とさせた。

「お前にはお手上げだよ、心の底からね」

「へへ、そりゃどうも」

瑠璃は涼しい顔で煙草盆を引き寄せた。お喜久も一息つきたいらしく、煙管に葉を詰めている。四年半の時を経て、二人の間にあったわだかまりは消えた。ようやく腹を割って話せるようになったのだ。

だが瑠璃は今、お喜久と気楽な世間話をする気にはなれなかった。まだいくつか聞かねばならないことがある。煙を一筋吐いてから、再び水を向けた。

「お内儀さん。惣之丞はどうして里子に出されたんですか。傀儡師の力が遅咲きだったことが、少し引っかかってて」

先代のお内儀は、赤子だった惣之丞に傀儡師の力がないと決めつけていた。姦巫一族にとって力の発現が遅れるのが、異例であるからに他ならない。だが惣之丞は後々になって力を開花させる。瑠璃は、何か見えない力が働いていた気がしてならなかった。

「遅咲き、か」

煙管の吸い口を噛みながら、お喜久は何事か思い起こしているようだった。

「私も産まれてきた赤子を見て、傀儡師の力がないと思ったさ。けれどそれは間違いだった。惣之丞がお前を黒羽屋（ここ）に売りに来た時、ようやく答えがわかったんだよ」

ゆっくりと、お喜久は紫煙をくゆらせた。

瑠璃が黒羽屋に売られたのは、うだるように暑い夏の日だった。

「初めまして、じゃねえか。あんたとは赤ん坊の時に会ってるはずだからな」

惣之丞は片頰に笑みを浮かべて言った。足元には気を失った少女。瑠璃、かつてのミズナは、長持に詰めこまれて黒羽屋へ運ばれてきていた。惣之丞はすでに幸兵衛との交渉を終え、遊女奉公の証文に印判を捺した後であった。

「お前さん、朱崎のことを……？」

お喜久の心には衝撃が走っていた。成長した朱崎の息子とこのような形で会うことになるとは、夢にも思っていなかったのだ。

うろたえたお喜久は、倒れているミズナへ視線を這わせた。

「その女子は、誰なんだ」

「ああ、こいつな。椿座の立役、惣右助だよ。今日はこいつを売りに来たのさ」

「惣右助？　あの美形立役とかいわれている」

惣之丞は冷たく、足元に転がっている少女を見下ろす。

「親父の訃報は江戸に広まってるから、あんたも知ってるだろう。次の座元は俺になるんだ、いらない奴はこの際だから捨てちまおうと思ってな。昔のあんたらがしたことと一緒だよ」

お喜久は目を見開いた。と、惣之丞の全身に目を凝らす。

「傀儡師の、力が……」

「やっと気づいたか。だがご愁傷さま、俺が赤ん坊の時に気づいてりゃ、宗家の跡継ぎにできたのになあ？」

惣之丞に力がないというのは誤りだったと、ここに来てようやくお喜久は思い知った。もしや惣之丞は、産まれた時から力を有していたのではないか。

驚愕するお内儀を尻目に、惣之丞は遠くを見るような目つきをしていた。

「あれは俺が、十歳になった時だった。木挽町を歩いていたら突然、知らない奴ら二人が俺に話しかけてきたんだ」

惣之丞が十歳の時、ミズナは五歳。大川で惣右衛門に拾われた頃である。

声をかけてきた二人の男女は惣之丞に傀儡師の力があること、人に気づかれぬようまじないをかけられていたのではないか、といった内容を告げてきたそうだ。

「まさか、朱崎が」

「そうだ。俺のお袋がしてくれたことだよ」

惣之丞を身籠った朱崎は、腹の中にいる胎児に傀儡師の力が備わっていると勘づいていた。しかし、愛する我が子に過酷な鬼退治の責を負わせたくはない。そこで朱崎は分家にいた頃の記憶を組みあわせ、胎児にまじないをかけた。結界を生業とする分家に身を置いていた朱崎は、呪術にも長けていたのである。

まじないは力を魂の奥底に押しこめ、厳重に封をする類のものだった。まじないの素にな

っていたのは母親のひたむきな愛情である。

ところが朱崎は産まれてきた赤子を奪われて怒りに狂い、生き鬼になってしまった。術者が人の道を外れたことでまじないの効力も消えたと考えられるが、その時すでに、惣之丞は椿座に引き取られていた。

「俺に話しかけてきたのは分家の生き残りを名乗る奴らだった。そいつらが姦巫一族の歴史、宗家と分家の確執を教えてくれたんだよ」

分家で生き残っていたのは、たった二人だけだったそうだ。二人は惣之丞に分家の顚末を語っていた。

朱崎が分家を去った折、女人は朱崎の母しか残っていなかった。分家は傀儡師の力を有していた朱崎を、宗家に取られてしまったことになる。朱崎の母を裏切り者とみなした分家は、母を二度と外に出られぬよう監禁し、無理やり二人の赤子を身籠らせた。

しかし男女の赤子はどちらも結界師の力しか持たず、後に母も衰弱して死んでしまった。絶望を感じてか、残っていた者たちも次々に死に絶え、生き残ったのは若い二人のみとなった。それが惣之丞に接触してきた二人である。二人は泥水をすする暮らしに耐えながら成長し、夜鷹(よたか)と女衒(ぜげん)に身をやつしていた。

「お袋が宗家からどんな仕打ちを受けたのかも、全部聞いたぜ」

惣之丞は鼻で笑ってみせた。

「馬鹿だねえ、あんたらは。さしずめ分家の娘だからとお袋を疎ましく思ってたんだろうが。だからまじないなんかにまんまとはまっちまうんだ」

朱崎への呵責に苛まれていたお喜久は目をそらした。惣之丞はお内儀の様子を、冷淡な眼差しで観察していた。

「まあ、約束を破られて俺が里子に出されちまったことは、お袋の誤算だったろうがな」

夜鷹と女衒は、善悪の区別もつかぬうちから分家の復讐心を叩きこまれ、再興の悲願を受け継いでいた。他の者たちが死した後も、亡霊に操られるようにして生きてきたのだ。やがて吉原に出入りするようになっていた女衒は、朱崎の息子が椿座に引き取られたという事実を探り当てた。たとえ傀儡師の力はなくとも、結界師として仕込むことはできる。まずは居住まいを確認しようと木挽町へ赴いたところ、果たして惣之丞に傀儡師の力が宿っており、産まれた直後は朱崎の計らいで力を隠されていたのだと気づくことになる。

そうして二人に誘われる形で、惣之丞は一味に入ったのであった。ただ、彼の心にあったのは分家の再興ではなく、黒雲に虐げられた母親への、偏った追慕(ついぼ)のみであったが。

「生き残りの二人は、どうしたんだ」

「ふん、結界を張り損じて鬼に食われたんだ。間抜けだよな」

惣之丞は事もなげに言ってのけた。

二人は惣之丞を分家の頭領として祭り上げていた。が、惣之丞はどうやら仲間たちの態度

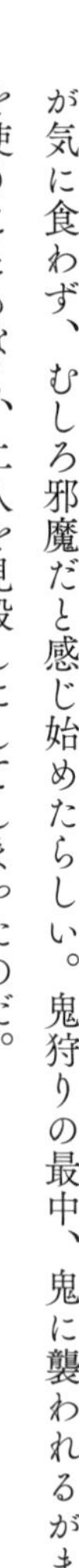

が気に食わず、むしろ邪魔だと感じ始めたらしい。鬼狩りの最中、鬼に襲われるがまま傀儡を使うこともなく、二人を見殺しにしてしまったのだ。

「俺ぁすり寄ってくる奴ってのが大嫌いでな。売女（ばいた）に汚らしい女衒なんぞ俺の手下にふさわしくねえ」

二人は朱崎にとっての異父弟妹であり、惣之丞の叔父、叔母に当たる存在だ。それを知っていてなお、排除したというのか。あの心優しい朱崎の息子が、これほど冷酷な心を宿すようになっているとは。お喜久は信じられぬ思いで絶句していた。

惣之丞は語り終えると、お喜久を恨みの滾（たぎ）る目でねめつけた。

「お袋を散々いいように酷使した挙げ句、傀儡にしちまうたあな。自分らのしたことを忘れて安穏と暮らしていけるとでも思ってたか？　ああ？」

「惣之丞、話を聞いてくれ」

「誰が聞くかよ。あんたの言うことなんて、耳が腐るだけだ」

取り付く島もない。弁解をしたくとも、すべてを知った惣之丞には火に油である。何より、朱崎を助けてやれなかったお喜久が言えることなど一つとしてなかった。

惣之丞は四方を見まわすような仕草をしていた。

「お袋は今、この妓楼のどこかにいるんだよな。血の契約はあんたとしてるのか」

この時、楢紅と契約を交わしていたのはお喜久である。しかし封印するに留まり、使役す

るまではできなかった。

そう正直に伝えると、惣之丞は腹立たしげに声を揺らした。

「血の契約なんぞ忌々しい。だが俺は今に必ず、お袋を取り返してみせる。あんたに復讐してやる」

「……分家は今、支援者を失っているはずだ」

お喜久の言葉を聞くや、惣之丞は唐突に声を上げて笑いだした。おかしくてたまらないと言わんばかりに腹を抱える。

「いつまでも昔のままと思うなよ。分家は新しい支援者を見つけたんだ。将軍と同等、ある意味では上の存在。帝という、支援者をな」

お喜久は耳を疑った。

「帝だと？　新帝は確か、践祚（せんそ）されて間もないはず。それにお歳だって十になられたばかりじゃあ」

「大志を抱くのに年齢なんぞ関係ねえさ。帝は密かに倒幕を望んでいらっしゃってよ、それで分家にお声がかかったんだ。つまりは黒雲と戦え、ってこった。俺は二つ返事で承諾し、分家の呼び名を〝鳩飼い〟に変えた」

鳩は天皇の血族を守る八幡神（はちまんしん）、したがって皇祖神の使いである。惣之丞が分家の名称を改めたのは、天皇への忠誠を誓うためだった。

お喜久の胸中にはしかし、一つの疑問が頭をもたげていた。身内を見殺しにするような男が、唯々諾々と権力に従うだろうか。下知を受けた根底にあるのが、黒雲への意趣返しだけではないように思われた。

惣之丞はお喜久の思考を読んだらしく、言葉を継いだ。

「天子さまは俺に約束をしてくれたんだ。倒幕が叶った暁には、世に蔓延する胸糞の悪い偏見、忌避の類をとっぱらい、下層民の身分をすべて解放するという約束を」

「それがお前さんの、目的なのか」

どうやら惣之丞は、十歳の頃から分家の生き残り二人に、呪術師の差別に対する憎悪を吹きこまれてきたらしい。幼かった惣之丞の心には、母親も受けていたであろう差別に対する憤りが深く、刷りこまれていたのである。

鳩飼いの志は世直しにある、と惣之丞は豪語した。

「だからやることが山積みでよ、来るべき日まで復讐は後まわしにしてやる。こいつを売るついでに、あんたと話せてよかったよ」

惣之丞は再びミズナへと視線をやった。ミズナは意識を取り戻しつつあるのか、苦しげにうめいていた。

少女がわずかに体を動かした時、長持の中からごろんと何かが転がり出た。見れば、鍔のない一振りの刀であった。

「どうしてこんなものが……」

「ああ、それか。この女が昔から持ってたなまくらだ。気味の悪い代物でよ、どうせ売れやしないから、餞別にしてやろうと持ってきたのさ」

惣之丞はつまらなそうにぼやくと、懐から巾着を取り出し、お喜久に見せつけた。

「まさかこいつの価値が五十両もあるとは驚いたよ。顔だきゃいい分、親父にめっぽう可愛がられて自惚(うぬぼ)れてるような生意気女だったが、最後に役に立ってくれた。ありがたく鳩飼いの軍資金に使わせてもらうぜ」

小判が入った巾着を鳴らしてみせる。

「言っとくが判を捺した以上、金は返さねえぞ。あんたらがしたことを思えばこれくらいの償いはして然るべきだろう?」

「待ってくれ、惣之丞、私はっ」

「もう話すことはねえ。じゃあな」

唾棄(だき)すると、惣之丞は振り返りもせず去っていった。

残されたのはお喜久と少女の、二人きり。

「うう、父、さま……炎……」

呆然と立ち尽くすお喜久は、少女が目を覚ましているのに気がついた。

「ここ、は……?」

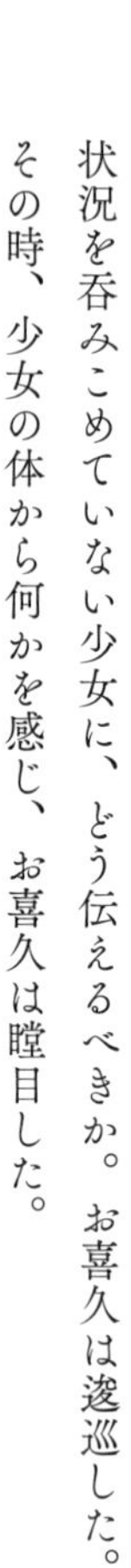

状況を呑みこめていない少女に、どう伝えるべきか。お喜久は逡巡した。

その時、少女の体から何かを感じ、お喜久は瞠目した。

傀儡師の力がなかったお喜久はその分、死に物狂いで結界師の力を磨いてきた。目に見えぬものを感じる力は、誰よりも強い。

少女の体内、そして畳に転がった刀には、極めて微弱ではあるが、蠢くものがあった。

「惣之丞は、お前に龍神の力が眠っていると気づいていなかった」

お喜久は静かに煙を吐いた。

「私も、私の母も、惣之丞の力に気づくことができなかった。けれど惣之丞とて、同じだったんだよ」

瑠璃は神妙な面持ちで、お喜久の昔語りを聞いていた。

惣之丞を手放してしまった黒雲。瑠璃を手放してしまった鳩飼い。義理の兄妹だった二人は今、再び邂逅(かいこう)し、敵対することとなった。

「何の因果だろうと、思ったよ」

おそらく惣之丞は瓦版で黒雲の活躍を知ったのだろう。一体誰が頭領の跡目になったのか。探っていくうち、自身が売り飛ばした義理の妹こそが頭領になったのだと知った。さらに傀儡となった母親が傍らに控えているのを見て、瑠璃が使役者になったことも悟ったのであろう。

お喜久の瞳には、またも鬱々とした陰が戻っていた。だが思いきったように顔を上げ、瑠璃を正面から見る。

「鴆飼いの裏についたのは帝だ。けれど帝は禁裏から離れることができない。だから鴆飼いの力を使おうとしているんだ」

瑠璃は頷いた。

鴆飼いを使って倒幕を目論む帝。将軍、徳川家治も、すでに帝の暗躍をお喜久から知らされていた。みすみす倒されることはすまい。将軍の威信をかけ、必ずや手を打とうとするだろう。

鴆飼いと対抗する幕府の切り札、それは——。

「瑠璃。これから大きな戦が始まる。おそらくはこれまでの鬼退治とは比べ物にならない、真に命を賭した戦い……帝と将軍の、代理戦だ」

瑠璃の面差しには今や深い戸惑いと、微かな恐れが交差していた。

生か、はたまた死か。

この先に待っているのは二つに一つしかないというのだろうか。逃れることの許されない、大きな運命に導かれているような気がした。

しかし瑠璃には、退けぬ理由があった。

——いいかミズナ、俺は諦めない。本懐を遂げるその日まで、俺は決して立ち止まらない。

「……望むところだ」

いずれ因縁の相手、惣之丞と、再び相まみえることになるだろう。

瑠璃は灰落としに煙管の雁首を打ちつける。カン、と鋭く激しい音が、いつまでも耳に残るようだった。

本書は書き下ろしです

夏原エヰジ（なつばら・えいじ）

1991年千葉県生まれ。上智大学法学部卒。作家としての知識や経験は皆無だったが、'17年夏に突如思い立って本作を書き、勢いで応募。第13回小説現代長編新人賞奨励賞を受賞し、いきなりシリーズ化が決まる。'19年8月に『Cocoon―修羅の目覚め―』、同年11月に『Cocoon2―蠱惑の焔―』刊行。石川県在住。

Cocoon3（コクーン）―幽世（かくりよ）の祈（いの）り―

第一刷発行　二〇二〇年二月二十五日

著者　夏原（なつばら）エヰジ

発行者　渡瀬昌彦

発行所　株式会社　講談社

東京都文京区音羽二―一二―二一　〒一一二―八〇〇一

電話　編集　〇三―五三九五―三五〇五
　　　販売　〇三―五三九五―五八一七
　　　業務　〇三―五三九五―三六一五

本文データ制作　講談社デジタル製作

印刷所　豊国印刷株式会社

製本所　株式会社国宝社

Printed in Japan　ISBN978-4-06-518658-9

N.D.C.913 273p 19cm

義理の兄の正体を知った瑠璃は葛藤する。
新たな罠が、
黒雲を待ち受けようとしていた。

2020年5月、刊行予定!

【Cocoon 4―宿縁の大樹―より抜粋】

序

――誰ぞ、余の眠りを遮るのは。

あれからどれだけの年月が流れたのだろう。途方もなく続く時の流れに心を任せ、変わりゆくこの地を見てきた。ここはそう、今は〝江戸〟と呼ばれているそうだな。余が望んだ地。この手に入れ、他の追随を許さぬ強国にせんと、欲した地……。そうだ、どこぞの若造が治め、世は太平となったのだ。余は、この地を守る存在に据えられた。太平の世。悪くないではないか。これ以上に何を望む？

いや、その方は一体、何を望む？

ああ、そうとも。余は血縁のある者たちから忌避され、権威から遠ざけられ、〝悪〟だと罵られてきた。奴らは気に入らなかったのだ。余の力が。民を束ね、地を束ね、新たな国を作らんとする志が。神なるお方に反旗をひるがえそうなどと、さようなことは毛ほども考えていなかったのにな。されど奴らは余を逆賊とみなした。余を〝悪鬼〟と呼んだのだ。

　裏切られたのだ。奴らは余の力を妬み、陥れようとした。懐に間者を送り、敬愛すべき祖父上と父上の霊像を盾にし、同志たちを虐殺した……反撃をするのは当然の行いだと、その方も思わないか？　余は決して臆さなかった。後ろ指を差されるような戦はすまいと、それが武士としての矜持だったからだ。だが奴らには武士の心がまるでなかった。奴らは卑劣極まりない手で余の心をへし折ろうとしてきたのだ……ああ、桔梗よ。なぜそなたまで、裏切ったのだ……愛して、いたのに。

　そうか。その方、余の力を欲するのか。戦に生き、戦に死した余が、太平の世を見守るだけでは飽いただろうと、そう申すのだな。小僧め、見上げた度胸よ。だがその方の言葉には、なぜだか心惹かれるものがある。長き眠りから目覚め、余の魂に封じられていた深怨の念が、今また頭をもたげるようだ……。この心こそ、我が真なる心。太平の世など、余の望みではない。

よかろう。穏やかな時はもう終わりだ。余を利用せんとするその方の計に乗ってやる。

今一度、戦の先陣を、切ってしんぜよう。